西貢僑報的滄桑劫難

漫漫　著。

謹以本書

向所有曾經為西貢僑報奮戰的同業致敬！

向所有為西貢僑報殉難的無辜亡靈致哀！

▲ 南越變天翌日（一九七五年五月一日），「攻」進西貢的北越共軍，集結在獨立府（總統府）前面的綠化帶上。

▲ 西貢被「解放」後，「市華運辦」分子在僑社到處開展宣傳活動。

◀由南而北，長驅直入西貢，集結在獨立府前的北越共軍的蘇製坦克。所謂「南方民族解放」，至此真相大白！

▲在北越共軍蘇製坦克砲口下的獨立府，現名統一府。攝於二〇〇七年。

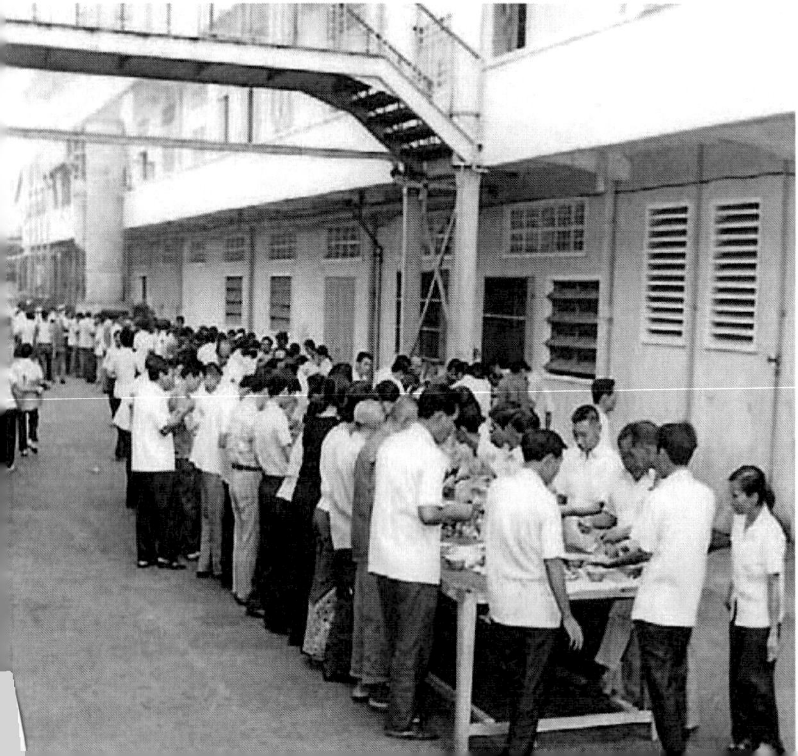

◀原為僑資與台資合辦的南越最大的味精廠——天香，被「劫」收後成為大型國企。圖為該廠員工在廠內舉行聚餐聯歡。攝於一九七六年。

▲ 在黨報內外曾引起震動，幾乎陷筆者於文字獄的新聞特寫〈迎接黨大會·工人說心聲〉在《解放日報》頭版刊出時的版面。

序　哭僑報

一

一九七五年四月三十日中午時分，以西貢為首都的越南共和國覆滅！

一九七五年五月一日中午時分，在西貢出版的十一家中文僑報被集體封殺！

越南共和國從此走進歷史。

西貢僑報也從此走進歷史。

我何其不幸，見證了這歷史。尤其悲痛的，是見證了十一家僑報中的一家（確切的說是兩家：一日報一晚報）被封殺的全過程。就恍如看到了自己的親人怎樣被人一刀一刀的虐殺，然後「親視含殮」！

那一刻，我的心在哭泣！我的心在滴血！

二

西貢僑報伴著我成長。

西貢僑報更是將我從一個懵懂少年，栽培、錘煉成為一個正直的新聞從業員。

西貢僑報有我知遇的恩人，有我的良師益友。

沒有西貢僑報，便沒有今天的我。

早在我孩提時代，先父便是僑報的忠誠讀者，每天都要閱讀僑報。偏偏我們住在近郊，不容易買到報紙，先父便每天給我一個「任務」：在上學途中，給他買一份僑報；不管什麼報，但一定要買到。哪天買不到，哪天他便悶悶不樂，若有所失。這是我最不願看到的。但近郊沒有固定報攤，要買報紙只能靠沿途叫賣或派報的報販。叫賣的報販行蹤飄忽，不容易遇上；派報的又大都騎自行車，一閃而過，容易「失之交臂」，又經常沒有多餘的報份可買。這樣一來，買僑報便成為我每天的「艱巨」任務。

但我「樂此不疲」，除了喜歡它的挑戰性外，還可藉此「炫耀」。那時讀報之風還不盛，同學、老師天天見我手執報紙，都對我「另眼相看」，滿足了小孩子的虛榮心；另一方面，我也有「先睹為快」之感，每天把報紙瀏覽一遍，雖然並不認識多少個字，只能讀讀大小標題，似懂非懂，但久而久之，也養成了讀報的習慣。

就這樣，從小學二年級開始，僑報每天都陪伴著我，直至後來我成為一個新聞從業員，僑報和我的關係就更為密不可分了。

三

我熱愛文學藝術，熱愛新聞工作。僑報在這兩方面都給了我很大的滿足和很多機會。我在工作中學習，在學習中提高，在提高中接受新的挑戰；循環不息，希望不斷，憧憬不絕；生活充實、豐富、精彩！

僑報報社不但是我安身立命之地，更是我躲風避雨的庇護所。

當拉兵[1]的魔掌上窮碧落下黃泉般虜掠時，僑報掩護了我。

當戰火將我的家業付諸一炬後，僑報庇護了我和妻兒。

我不僅以報紙為業，更以報社為家。

我將個人與報社融為一體；我們同呼吸共命運！

但晴天霹靂，南越變色，西貢變天。當歷史大逆轉、時代大倒退的序幕剛剛揭開，集體封殺僑報竟成為丑表功者[2]的重頭戲。我親眼目睹僑報在明火執仗下被劫收！在長槍短銃下斃命！

1 「拉兵」：拉丁；抓兵。即抓捕役齡男青年當兵。

2 丑表功：原是一齣京劇劇目的名稱，引申表示「不知羞恥地吹噓自己的功勞」。

我彷彿看著親人被集體屠戮！雖然不見淋漓的鮮血，卻死得很淒涼，死得很屈辱！
我見證了這令我椎心泣血的歷史性的一刻！

四

三十多年過去了，這歷史性的一刻，常在我腦際浮現。

三十多年過去了，似乎還沒有人為這歷史性的一刻留下任何記憶；但另方面，卻有人藉著權勢賜予的話語權，肆無忌憚地歪曲這段歷史，竟將十一家僑報的集體被封殺，強說成「全部自行停刊」。這不啻將「集體他殺」誣揑為「集體自殺」！

與此同時，當前還有一種很時髦的論調：主張集體失憶，拒絕回首過去；要一切向前（錢）看，大步向前（錢）走。

當然，每個人都有權根據自己的價值觀、自己的利益需要，來決定對歷史的態度。也許我對僑報的感情太深，也許我太執著「飲水思源」的訓誨，我無法遺忘，也無法緘默。為了填補這歷史性記憶的空白，更為了還原歷史的真實，我義無反顧地站出來作證，並莊嚴起誓：我的每句「證詞」，都是百分之百的真話；我的每段回憶，不管現在還是將來，對自己還是對別人，都不會感到內疚！

五

在這本書裡，我還以較多筆墨論述僑報五十七年的篳路藍縷、以啟山林的歷程，有早期、中期及近期，每個時期有每個時期的艱難困苦。五十七年來，雖說也有發展也在壯大；但始終離不開「掙扎求存」的挑戰。可見僑報的存在充滿變數，危機四伏，極為嚴酷！

然而，幾許風雨泥濘，怎樣坎坷曲折，都熬過去了；最後，卻逃不過政治魔掌的野蠻追殺和徹底滅絕！

能不令人悲憤填膺！

能不令人唏噓痛惜！

——二〇一一年孟冬　於美國奧羅蘭市

目次

十一家僑報因何集體消失？

——揭穿「全部自行停刊」的謊言

不久前，好友寄來「香港社會科學出版社有限公司」出版的《越棉寮華僑華人漫記》一書的部分複印件，其中有〈越南華文新聞事業大事記〉一個篇章。有關這方面的史料，不是十分準確，但還算詳細；對越南華文報業存在與發展的論述，也相當客觀、中肯；然而，當論述到一九七五年四月三十日西貢變天後，西貢僑報（即作者所說的華文報）全部橫遭「殺身」之禍這一慘痛歷史時，作者輕描淡寫的一筆，與事實完全不符，是對這段歷史的嚴重歪曲！是對十一家僑報的嚴重折辱！

神來一筆　須先釐清三點

讓我們看看作者這「神來」一筆是怎樣寫的？

原文：「一九七五‧〇四‧三十　西貢解放，原有的十家華文報紙全部自行停刊。」（原書第一三六頁）。

在揭穿「全部自行停刊」謊言之前，先釐清三點。

首先是「華文報」的提法。這提法對世界任何地方的華文報紙都適合；但對越南西貢「華文報」與「僑報」的不同提法，卻大有玄機。「華文報」是越共官方的用語，不公開地表明，他們繼承了吳廷琰的「衣鉢」，認為自一九五五年吳廷琰政權以高壓手段強迫華僑轉籍後，南越便只有華裔而沒有華僑，故稱以漢字為載體的報紙為「華文報」。「僑報」則是中華民國官方的用語。明顯表示，不承認吳廷琰政權的強迫轉籍；始終認為居住在南越的中國人是華僑。由華僑創辦、以漢字為載體的報紙，理所當然是「僑報」。與「僑團」、「僑校」合稱為「三僑」。立場堅定，態度鮮明！

諷刺的是，當年對吳廷琰政權強迫華僑轉籍反對最強烈的中共與越共，基於當前的政治需要，對南越華僑的國籍問題，表面上雙方都避而不提，暗地裡中共早已默認了越共對吳廷琰的「繼承權」。

「僑報」的提法，還有助於區分越共曾先後出版的兩份華文「官方喉舌」：即一九五五年八月在河內出版的《新越華報》（已於一九七六年九月「自行停刊」）；一九七五年五月二日在西貢出版至今的越文《西貢解放報》華文版的《解放日報》。這兩份才是非我「僑」類的越南「華文報」。

第二點要釐清的：是所謂「原有的十家華文報紙」。「十家」之數不確，實為十一家：即八家日報：《新論壇報》、《成功日報》、《遠東日報》、《亞洲日報》、《光華日報》、《建國日報》、《新聞快報》、《人人日報》（該報在西貢變天前兩個月，因內部問題起訟，暫時停刊。停刊既屬暫時，便應列入被封殺家數之內。另一家在一九七三年七月亦因內部問題而停刊的《新越日報》，尚未計算在這十一家之內）；晚報則有三家：《論壇晚報》（《新論壇報》之晚刊）、《新生報》（《成功日報》之晚刊）、《越華報》。

第三點要釐清的：是停刊日期不是一九七五年四月三十日，而是一九七五年五月一日。四月三十日早上，越共兵臨城下，風聲鶴唳中仍有多家日報出版。至於晚報，因翌日是國際勞動節，晚報循例提前一天休刊，當天就算不是越共軍隊進佔西貢，也沒有晚報出版；但也有破例，當天下午三時左右，《論壇晚報》出版了一份《號外》。到五月一日，本來就是日報循例休刊，那天沒有日報出版本屬正常。不正常的是，就在這一天國際勞動節，十一家僑報，不論日報晚報，全部被迫停刊，永遠消失！

落井下石　僑報沉冤千古

以上釐清的三點，只是次要問題，核心要害，是作者「神來一筆」中的六個字：「全部自行停刊」！這六個字看似輕描淡寫，實則字字千鈞，有如落井下石，令「死」無對證的十一家僑報，沉冤千古！

筆者原是西貢僑報的新聞從業員，不知有幸還是不幸，竟讓我見證了僑報被永遠消失的歷史性一刻！

整個過程還得由一九七五年四月三十日說起。那天中午十一時左右，南越「末代總統」楊文明，誤中越共「和談」詭計，單方面下令停火，讓北越共軍乘虛「攻陷」西貢後，筆者馬上趕回報社，徵得社長的同意，編輯了一份四開紙的《論壇晚報．號外》，第一時間報導了「西貢全面解放」及西貢軍事管理委員會發出的命令。《號外》一出，即被搶購一空。卻怎麼也沒想到，這份《號外》竟成了僑報告別讀者的「臨終」「訃聞」！

翌日是勞動節例假，卻有不少編輯部的同事、印刷部的工友，大清早便回到報社，打聽新情況。趁這難得機會，筆者即興邀編輯部幾位同事，乘電單車到獨立府（即總統府）去「打掃戰場」，準備檢拾些「漏網新聞」，給翌日的報紙添幾則「獨家專訊」。

中午時份，我們從「戰場」回到報社，仍有部分同事和工友聚在編輯部閒聊，議論翌日是否繼續出報？估算僑報的前景怎樣？猜測錯失逃亡良機的社長（老闆）的命運將會怎樣？可就是沒有人料到，報社會遭封閉，會被「劫收」。我們這些蟻民太善良了！

劫收大員　竟是本報記者

正在大家議論紛紛之際，闖進了一名不速之客。他昂首挺胸，意氣風發；雖是一身便服，腰間卻挎著一柄笨重的老式曲尺手槍。他原是《新論壇報》離職多年的外勤記者，姓鄧，黨內代號錢鋒（姑諱其名。他與筆者有點交情。在他被拉兵期間，筆者曾與友人對其妻兒施加援手。）他的突然現身，眾人都沒有太大意外（因為早就有人懷疑甚至知道他是潛伏的越共地下黨分子），還興奮地以為他一朝得意，特來敘舊，探訪老朋友。豈料此時此刻，報社樓下裡裡外外，已佈滿他率領來的便衣武裝人員，其中多人還是各僑報的排字工人。

「相見歡」！少不免握手、寒暄數語；但也只是一瞬間的事，跟著，他臉色一沉，語調一轉：「大家注意，我今天到來，有重要事情要宣布：由即日起，所有華文報紙，全部封閉！這是西貢軍事管理委員會的命令！我是代表『西貢市委華運辦』來執行命令的。由此刻開始，你們馬上收拾並帶走所有屬於自己的私人物品。但是，」他再加重語氣，提高聲調，「凡屬於報社的東西，不論任何人，都絕對不准挪動、借用或帶走；凡借用未還的，馬上歸還！我們的同志已經在貼封條。誰膽敢破壞那些封條，軍法追究！」宣示完後，再也不瞧眾人一眼，也沒拋下一句「再見」，就昂首闊步走下樓梯。

編輯部的氣氛一下子被凝住了，無聲無息。筆者好奇，走到樓下張望一下，報社門口扛著ＡＫ槍的武裝人員，正簇擁著鄧某揚長而去。

筆者當時雖然不便到各報社去看被查封的情況，但後來在同業間交流中瞭解：十一家僑報同在這一天被封閉，無一倖免；連兩年前因內部問題真正「自行停刊」的《新越日報》也難逃此劫。該報溫副董事長因公赴台未歸，住在報社內的家眷（溫夫人與四名未成年子女），竟遭「掃地出門」，臨時棲身於前政權「人民自衛隊」設在街角的一間矮小狹窄的鐵皮屋裡。生活困頓，境況淒涼！

十一家西貢僑報就是這樣被封殺的。簡單的說，就是越共西貢市委屬下的「華運辦」（注：「華運辦」屬下有一支「特工隊」，專責在僑社進行暗殺、爆炸活動）憑藉西貢軍管會的威權，將西貢十一家僑報一舉消滅的。絕對不是什麼「全部自行停刊」！

刻意歪曲　謊言有利「大局」

以上是筆者的親身經歷。見證了有五十七年歷史的僑報被徹底摧毀的一刻！心情沉重，印象深刻。時間雖過去了三十多年，當時的情景還歷歷在目，鮮明如昨。

筆者認為，如此不尋常的歷史性事件，該書作者一句「全部自行停刊」，似漫不經心的一筆帶過；其實，絕不是掉以輕心，而是別有用心：刻意淡化，旨在歪曲！

該書作者張俞（又名張英），並非泛泛之輩。上世紀四十年代，他在越南，既是中共又是越共（勞動黨）的地下黨員。一九四九年，任西貢左派僑報《南亞日報》編輯，報社遭法國殖民當局封閉（不是「自行停刊」）時被捕，囚禁一年多，因刑訊傷重獲釋；一九六零年，在柬埔寨首都金邊左派僑報《棉華日報》任董事會秘書，後因病回中國大陸就醫；一九六二年，在北京中央僑委會主辦的《僑務報》任編輯；「文革」期間，被誣為「叛徒」，關過「牛棚」，經過「勞改」；「文革」結束後，一九七八年復出，在國務院僑務辦公室信訪處工作；一九八四年，獲平反後離休（資料取材自作者在書中的自述）。

一位人生歷練如此豐富、命運如此坎坷、憂患如此深重的「久經考驗」的老共產黨員、老幹部、老「新聞戰士」，以他對中南半島尤其是越南的熟悉和瞭解，西貢變天時，雖然身在大陸，未能躬逢其「盛」，但憑他的經驗和判斷，對十一家僑報在一夜之間突然全部消失，他會相信是「全部自行停刊」嗎？這裡面必定有他不得不相信的原因。在他為之奮鬥的紅色王國裡，本就有比說真話更高的道德標準——一黨獨攬神州後，「國家級」的彌天大謊還少嗎？秉承此「光榮傳統」，縱使作者在原作中說了真話，道出真相，最後也必定被篡改為謊言。因為這樣的謊言有利於「大局」：不但可為「小兄弟」劫殺僑報開脫，也有助於「大阿哥」為討好「小兄弟」而犧牲華僑的合法權益作掩飾。而實際上，比起西貢所有僑團、僑校、六大華僑公立醫院及全體華僑私人財產物業的被犧牲，區區十多家僑報又算得什麼？何況，僑報一直以來就是這對「同志加兄弟」的共同「假想敵」，早就有去之而後快之想。現在「小兄弟」出手，「大阿哥」豈有不樂觀其成之理？

公然侮辱世人智慧的僑報「全部自行停刊」的謊言，就這樣借助一個「老革命」、老報人的筆桿子出現了。

——二〇一一年仲夏　於美國奧羅蘭

西貢僑報的滄桑劫難

一點說明

筆者原是越南西貢僑報的新聞從業員，是一介後學無名小輩。有勇氣寫這樣的大文章，在眾多僑報前輩面前班門弄斧，主要是出於對新聞工作的繾綣情懷，對歷經憂患、艱苦奮鬥、掙扎求存而最終竟遭滅絕的僑報的痛切緬懷與追思！因此，雖明知在沒有資料可考，僅憑記憶寫出來的東西，必然錯漏謬誤百出，亦不惜獻醜。倘能藉此拋磚引玉，得到前輩方家的賜教、指正，那是筆者的榮幸！

本文最先成文於廣州，但在九百六十萬平方公里的神州大地，找不到容它面世的空間。這本是意料中事。可堪慶幸的，是這份完成於一九九〇年的原稿，於二千年隨筆者來到這片遼闊無垠的自由天地，兩易其稿後，重出生天。在同年的深秋，於三藩市《中南報》發表。

又一個十年後的二〇一一年，筆者參考了有關的斷篇殘簡，再求證於資深前輩，在原稿的基礎上，作了大量的補充和修訂，有的章節是原稿沒有的，有的則是重寫，力求真實，力求貼近歷史。不過，西貢僑報命途多舛，歷程坎坷曲折，要完整準確地記述這五十七年的歷史，筆者力有不逮；但作為一篇紀念文章，筆者的真摯情懷，永遠始終如一！

報史從頭說　《南圻》第一家

越南華僑大部分聚居越南南方（簡稱南越），南越華僑又大都集中於西貢與堤岸（簡稱西堤，後來官方統稱為西貢；變天後，又改為胡志明市）。越南僑報則以堤岸（即後來統稱的西貢堤岸區）為中心。為方便表述，本文統稱「西貢僑報」。

西貢僑報歷史悠久。據資料記載與僑報前輩憶述，西貢第一家僑報，也是整個中南（印支）半島的第一家僑報，是一九一八年創刊的《南圻日報》。

《南圻日報》雖是第一家僑報，但並不是第一家華文報。第一家附有華文的報紙，是法籍越南人創辦、以越南人為主要讀者對象、於一九〇五年在河內創刊的華、越文週報《大越新報》（DaiVietTan Bao）。

由法籍越南人創辦的第一家附有華文的報紙，這在中越文化交流史上，是饒有意義的一頁；可惜，這一頁珍貴歷史幾被湮沒，後世已沒有人提及。

繼《南圻日報》後，是一九二零年「雙十節」創刊的《華僑報》。該報最初為一位法國牧師安德列所創辦，後轉由越南華僑岑琦波、余群超（奮公）、陳肇基（祺）三人接辦，報名依舊，只加了個「日」字，即《華僑日報》。但好景不常，三位接辦人中的余群超，因意見不合退出，於一九二五年自立門戶，創辦《群報》，與《華僑日報》打對台。

一九二九年元旦，一家由中國國民黨人創辦的《民國日報》異軍突起。報壇由雙雄逐鹿轉為三強鼎立。《民國日報》亦是中國國民黨人在越南辦的、帶有黨性色彩的第一家僑報。

故國烽煙起　華僑讀報殷

進入三十年代，國是日非。一九三一年，爆發「九・一八事變」；一九三二年，爆發「一・二八事變」。華僑心懸故國，關心時事，閱報人數大增，為僑報的發展創造了有利條件。報紙的出版如雨後春筍。

為因應新形勢，《民國日報》易名為《民報》；《群報》亦一分為二，衍生出《中華日報》與《公論報》。相繼出版的還有《真報》、《時報》、《華南報》、《環球報》、《掃蕩報》、《群星報》、《奮鬥報》、《娛樂報》、《百樂門》、《正氣報》、《僑眾報》、《中國日報》與《遠東日報》等。

《中國日報》與《遠東日報》，堪稱僑報的不老松。《中國》更是老大。由僑商、廣肇幫幫長梁康榮於一九三〇年創辦，至一九四一年日軍南侵，越南淪陷，大多數僑報本「漢賊不兩立」精神，自行停刊，僅餘《中國》、《中華》及《僑眾》三家。在日軍鐵蹄下，《中華》、《僑眾》尚能「有所為有所不為」，與日方虛與委蛇；梁康榮則不願「落水」而引退，由兩位

「太子」梁華琛與梁華炯「共治」。兩人均為「識時務」的「俊傑」，配合日軍特務機關出版的《新東亞報》（華文），為「大東亞共榮圈」相互唱和。抗戰勝利後，《中華》、《僑眾》相繼停刊，《中國》則繼續出版，但業務不振；後增出晚刊《中國晚報》，仍無力挽狂瀾。延至一九六五年，這家最老的僑報終於走進歷史，版權易主。巧的是，接辦的黃允洲也是原廣肇幫幫長，也是「父子兵」上陣：父為社長，大公子黃乃芹任總經理。易名為《建國日報》。

僑報另一株「不老松」為《遠東日報》。該報於一九四〇年三月廿九日（黃花崗七十二烈士紀念日，後定為中國青年節）創刊。創辦人為潮裔僑商朱繼興，首任社長蔡文玄。初期的編輯部人員大多聘自國內，連排字工人亦大多來自潮汕。實力雄厚，陣容強盛。甫面世即不同凡響。豈料創刊僅一年零三個月，日軍鐵蹄便踏上越南；該報搶在日軍兵臨西貢前夕的一九四一年六月廿九日，毅然發表〈最後一頁〉告別書，宣布停刊，直至一九四五年第二次世界大戰結束後的九月十一日復刊。由朱聞義（朱繼興之侄）出任社長。至六十年代中，由其哲嗣朱烈登「接棒」，一直出版至一九七五年五月一日（西貢變天後翌日）被封殺。

由創刊至五十年代末，該報在僑報中一直獨領風騷，進入六十年代，開始出現老態。

藉抗戰統戰　左報鋒芒現

抗日戰爭全面爆發，西貢僑報亦有不同發展。除上述所列親國民政府的各報刊外，左派僑報亦應運而生。它們都高舉抗日救亡大纛，實則是開展「統戰」宣傳；但全都因為鋒芒太露，無法見容於法國殖民當局。

率先亮相的，是一九三八年除夕創刊的《越南日報》，維持了十個半月，一九三九年十月十七日被查封。

在《越南日報》被封之前的一九三九年二月，另一家左派僑報《全民報》搶灘登陸，且「左」氣更盛，創刊不久，銷量便直線上升，曾一度達到五千份。成為當時銷量最高的僑報。但也只是「紅」了一年又四個月，於一九四〇年六月被封閉。

類似《全民》之接力《越南》，另一家號稱唯一一家由華僑工人創辦的《僑眾報》（與前面所說的《僑眾報》不同，前者是日報，此為三日刊），已做好接力準備，於一九四〇年三月創刊。豈料壽命更短，僅僅生存了三個月，便與《全民報》幾乎同時被關閉。後來，兩位負責人周湘亮與何伯翔，因參與反法反日鬥爭而被捕犧牲！

至一九四六年下半年，國共內戰全面爆發。中共打天下，除了靠槍桿子還要靠筆桿子。佔領海外輿論陣地，當屬必不可少之舉。肩負此「重任」，在這一時期先後亮相的左派僑報，計有：

一九四五年十二月，此前遭法殖民當局查封的《越南日報》，以「急先鋒」的姿態捲土重來。仍以「越南」冠名，只少了個「日」字，即《越南報》。但也只有一年壽命，於一九四六年十二月，再度被封閉。這次的打擊更重：六七名高層負責人遭驅逐出境到香港。

這期間，《全民報》也曾復刊，卻與《越南報》相反，在報名上添了個「日」字，成為《全民日報》。不過，氣勢已今非昔比，且維持了不久即自行停刊。

一九四七年八月，在西貢陷日時仍繼續經營，戰後卻自行停刊的《中華日報》，也在此時復刊。仍沿用原名。但復刊僅七個月便遭查封，總編輯等負責人亦被遞解出境至香港。

一九四八年，國共內戰進入決戰階段。隨著三場主力戰——即中共稱為三大戰役的遼瀋戰役、淮海戰役（徐蚌大會戰）與平津戰役的結束，大局底定，中共勝券在握。左派報人大受鼓舞，《時代報》（雙日刊）應運而生，但同樣不能持久，僅數月便遭封閉。但負責人沒有被驅逐出境。社長鄭明（鄭衡）「壯」志未酬，「紅」心不已，一九四九年元月，再出版《南亞日報》；但亦難逃被封殺的厄運，於同年七月七日停刊。這是左派僑報公開出版的最後一家。此後，轉為「地下作業」，屬「另類刊物」，在此不贅。

爭輿論陣地　得失有玄機

綜觀歷年來西貢左派僑報一家一家的創刊，又一家一家的被封，屢戰屢敗，屢敗屢戰，前仆後繼，鍥而不捨，精神可嘉；然而，為何不因應形勢，調整策略？每家左報，似乎都唯恐人家「不識廬山真面目」，甫面世便以「紅彤彤」的臉孔示人。也許，他們認為這就是「旗幟鮮明」，但對執政當局而言，這何嘗不是一種「示威」、「挑戰」？易地而處，如果你們「當家」，又豈能容忍如此公然「叫陣」？看看今日神州，九百六十萬平方公里的廣袤天地，竟容不下一份民辦報紙！還僅僅是「民辦」而已，尚且不能見容，更遑論如左派僑報那樣，公然向執政當局「亮劍」。

另一方面，看看國民黨，當時還擁有大量資源，眼看中共或親共人士「前仆後繼」地爭奪當地的輿論陣地，他們居然老神在在，這期間只增辦了一家《華南日報》，其他唯有依賴各家僑報自動自覺的支撐大局。

共產黨打天下，一手執「槍桿子」，另一手執「筆桿子」；國民黨至今似乎還不懂或不願相信這「兩手」策略。放眼今日海外平面媒體，打著「愛國」旗號，進行「統戰」宣傳的比比皆是，但又有幾家背後沒有「靠山」或沒有「資助」的。反觀國民黨，連官方「中央廣播電臺」的海外廣播也維持不了，自顧不暇，又如何「資助」民間媒體。在這方面，巴黎的華文傳媒界有個典型例子：當地原有一左一右兩份華文報，「左」名《歐洲時報》，是「中資」「產品」；「右」名《歐洲日報》，是台資（民間）所辦（屬台灣《聯合報》系）。正如《歐洲日報》於二〇〇九年八月三十一日在《停刊啟事》中所訴說的，由於「網路新興媒體普及，影響紙本媒體之發行；而金融風暴之衝擊，更造成廣告之流失。」因而，一家有二十七年歷史的大型華文報，從此走進了歷史。給歐洲華僑華人留下永遠的懷念與遺憾！值得深思的，是《歐洲日報》所遭遇的困難和壓力，《歐洲時報》同樣遭遇到，甚至可能更大；但為什麼「左」報能夠支撐，「右」報却要停刊？答案很簡單：「左」報有強大的「靠山」，虧蝕有人「埋單」；「右」報要「獨力」承擔。

可是，又有多少人知道，這強大「靠山」是怎樣支撐那些「海外軍團」的？上世紀九十年代中後期，中國大陸境內幾個重點僑鄉省份（如廣東）的省級僑報（直屬省政府僑務辦公室）已先後停刊；甚至連國務院僑務辦公室屬下的「第一大僑報」《華聲報》也黯然引退，以此省下來的「資源」，支持「海外軍團」爭奪輿論陣地。這種「統戰」策略的運用，「百年老店」國民黨永遠都沒法理解？

戰後好時機　僑報競奮起

一九四五年，第二次世界大戰結束，中國抗日勝利，僑報迎來了復甦、繁榮的大好時機。原有各報重整旗鼓，再戰江湖；後起新軍秣馬厲兵，全力以赴。《中國日報》掙扎圖存，繼續出版；《遠東日報》東山再起。因曾拒絕事敵深得僑心，復刊後，讀者熱情回報，銷量遠超過去。

在此期間，由國府派員接管的日軍特務機關出版的《新東亞報》，易名為《自然日報》後繼續出版。相繼出版的還有《朝報》、《正道報》、《僑聯報》、《原子報》、《琳琅報》、《中正日報》、《南亞日報》、《華南日報》、《民星日報》、《西堤日報》、《娛樂晚報》、《婦女日報》及其姊妹報《萬國報》（一度改為《萬國晚報》）等等。雜誌有《新生》、《前進》等。

進入五十年代，僑報又迎來了一個新的繁盛期，十年間，先後有近三十家刊物出版，可惜大都如曇花一現。如曾任《亞洲日報》總編輯的方中格，在出掌《亞洲日報》編務之前，曾創辦過一家《越南時報》（社址在中和橋橋腳附近），但出版不久便自行停刊。壽命之短，連很多報界老行尊都記不起，在文字資料中也沒有半點「痕跡」。似乎根本就沒有過這樣一份「早逝」的報紙。

在此期間創刊而有一定份量的，計有：

一九五〇年九月的《和平日報》。

一九五〇年十月的《正氣報》，後易名為《新聞日報》，再易為《新聞報》。

一九五二年三月，由《婦女日報》易名的《世界日報》。

這裡補敘一筆：《世界日報》前身的《婦女日報》，創刊於一九四六年「雙十節」。社長張瑞芳女士，原先創辦了一本所謂「純文學」的《婦女週刊》，頗受歡迎，於是，乘勝追擊，擴展為《婦女日報》。由於報名與社長同是婦女，在當時頗為「另類」，引起觸目，有一定的「賣點」；可惜此「撐起半邊天」的「婦女」，未能持久，很快便易名為《世界日報》，社長仍為張瑞芳女士，工作人員仍是《婦女日報》的原班人馬，至於因何捨婦女的「獨家」優勢而走向「繽紛」的「世界」，則是個謎！

在這時期創刊的，還有：

一九五三年元月的《大夏日報》。

一九五三年四月的《中山日報》。

一九五四年元旦的《每日論壇》。該報是名副其實的報人辦報。由《遠東日報》兩位主筆鄔增厚與馮卓勳合辦。他們一邊受僱於《遠東日報》，一邊自為老闆，經營《每日論壇》。後來，鄔增厚撤出，由馮卓勳獨力維持。

一九五五年元月的《群星晚報》；同期出版的還有《群星小報》。

一九五五年二月的《亞洲日報》。該報異軍突起，以每日出紙一大張半（六大版）的新姿態出現（按：當時的僑報，大多數是每日出紙一大張，四大版；有幾家實力較強的，不定期出紙一大張半，《亞洲》則改為每日都是一大張半），搶佔了不少銷路。亦帶動了其他不定期出紙一大張半的幾家也跟著每日出紙一大張半。

一九五五年十二月的《越華晚報》。該報初期隸屬《遠東日報》麾下，後來羽翼漸豐，自成一家。

單是一九五五年的一年內，三家報紙（《群星》、《亞洲》、《越華》）相繼創刊，可見當時盛況！

尚有，一九五六年八月創刊的《新聲報》。

《太平洋》崛起　危機變轉機

當各僑報發奮圖強、力謀進步發展之際，一個新的危機也正在醞釀。

原來，僑報的盛況，引起了越南當局的疑忌。

一九五四年六月由美國返越出任政府首相（總理）的吳廷琰，年輕時曾任職於越南故都順化皇家圖書館，那裡有大量的中國古籍；後來又獲保大皇招攬入閣，官拜文部尚書。他的華文（尤其古文）造詣頗深，對僑報的情況甚為關注；加上他的出任首相，目的就是要取保大皇（當時的越南元首）而代之，因而很重視對輿論的掌控，除越文報外，僑報也不放過，上臺僅數月，即頒下禁令：不准報社自行收錄國際電訊！此禁令無異置僑報於「無米之炊」的困境。當時越南還處於「和平」時期，國內新聞不多，沒有國際電訊，如何填充報紙版面？如何吸引讀者？

為此，從西班牙國立新聞學院畢業後來越的溫天錫，在國際知名人士雷震遠神父的引薦下，晉見吳廷琰首相（當時尚未為總統），提出折衷建議：成立越南唯一的華文通訊社，轉發以中華民國《中央通訊社》為主的國際電訊，有償供各僑報使用。這樣，僑報既可免「無米」之困，當局也方便監管。

幾經折衝樽俎，吳廷琰終於同意此議。由溫天錫主其事，於一九五五年二月成立《自由太平洋通訊社》，溫天錫任社長。此舉為僑報的持續發展作出了重要貢獻！

八個月後的十月二十三日，吳廷琰亦通過所謂「全民公投」的方式，罷黜了長期在巴黎作寓公的保大皇，於一九五五年十月二十六日就任越南共和國首任總統，並定此日為國慶日。《自由太平洋通訊社》亦一直運作至一九六三年十一月一日吳廷琰垮臺為止。轉發《中央通訊社》國際電訊的重任，由越南官方的《越南新聞社》接棒。

《自由太平洋通訊社》創建的同時，還成立了「自由太平洋協會」，除管轄通訊社外，還創辦了「自由太平洋高級中學」、《自由太平洋月刊》，後來又創辦了《新越報》。溫天錫為副董事長，何文友為社長（後期改為《新越日報》）。

每天十四家　稱冠東南亞

進入六十年代，平靜僅數年的南越政局又開始動盪：吳廷琰政權的家族統治被軍人推翻；軍人政權又成為「五日京兆」，政變頻仍，各軍方強人走馬燈似的輪番「坐莊」；蟄伏多年的越共，休養生息後蠢蠢欲動，終於一九六二年亮出「越南南方民族解放陣線」的旗號，在農村開展軍事活動。

政局的不穩，給僑報帶來衝擊，也帶來機遇。

一九六零年二月，《新越報》率先以新姿態出現。該報原為《新越晚報》，後由《自由太平洋通訊社》社長溫天錫收購，易名為《新越報》，改為週刊，再改出週二刊、晚報、最後轉為日報。同年出版的還有《奮鬥日報》（後易名《勝利報》）與《中興報》（三日刊）。

一九六一年九月，《成功日報》橫空出世，成為報壇一顆耀眼新星。該報刷新《亞洲日報》率先每天出紙一大張半（六大版）的紀錄，每天出紙兩大張（八大版）。將僑報的質與量再向前推進一大步！

《成功日報》的主創人郭德培，原是《亞洲日報》的開「報」元勳，由發起至一切籌辦工作，均躬親肩負，連遒勁雄健的報名題字也是他的手筆；當時，《亞洲日報》敢於打破慣例，每天出紙一大張半的，也是他力排眾議的決定。創刊後，他只出任常務董事兼副總經理。但在報紙打開局面後，仍不免遭到排擠；於是，連同也是常務董事的同鄉好友郭育栽等一班得力助手另立門戶，再創新天，打造了令人刮目相看的《成功日報》，銷量與廣告均曾獨步報壇多年！

一九六二年六月，另一位客裔聞人余秋，創辦了《國際日報》（按：上面所說的《亞洲日報》與《成功日報》的創辦人與股東，大多數也是客裔僑商）。

一九六三年，《每日論壇》易名為《新論壇報》。

一九六四年十二月，《越南快報》出版，後易名為《快報》。

一九六五年，老牌僑報《中國日報》易主，改為《建國日報》。

一九六五年六月，《新論壇報》增出晚刊《前鋒報》（後易名為《論壇晚報》）。

至此，每天正常出版的大小型僑報共十四家。這裡要說明一下：當年的所謂「大型報」，是指每日出紙對開兩大張（八大版）；「小型報」是指每日出紙對開一大張（四大版）。十四家中日報占七家，其中大型的有四家：《遠東日報》、《成功日報》、《亞洲日報》、《國際日報》；小型的有三家：《新論壇報》、《大夏日報》、《建國日報》。晚報也是七家，全屬小型的，它們是：《越華報》、《新聞報》、《新越報》、《新聲報》、《前鋒報》、《萬國報》、《快報》。有趣的是，大家不約而同，都不再冠「晚」字。

當年，泰國曼谷《中原報》（華文）一位資深報人，訪問西貢時，在一次聚會上表示：論僑報家數之多，水準之高，西貢絕對可稱冠東南亞！

六、七十年代台港報業年鑑的統計資料更明確顯示：「越南堤岸（按：即西貢堤岸區）出版之華文報刊，數量之多、水準之高，為台灣、香港外的第三位（大陸未在統計之內）。」

無奈成配偶　有幸各揚鑣

然而，好景不常。一九六五年十月，南越軍方為穩定政局，推舉阮文紹成立「國家領導委員會」並出任主席（即國家元首）；同時推舉阮高祺為「中央行政委員會主席」（即總理），組織「戰時內閣」，實行「內閣制」（如此一來，前者只是虛位元首，後者掌行政實權）。以此平衡兩派勢力，相互制約。

阮高祺是個不學無術、狂妄自大的「狂徒」。對華僑沒有好感。甫上臺即向僑報「開鍘」：下令僑報壓縮一半，十四家減為七家，限期整改；不管你相互組合抑是各自消失，總之十月廿五日的期限一到，最多只能有七家可以出版。

時間短，問題多，困難大！各僑報經歷一次生死存亡的考驗！經過或撤銷，或併購，或聯合，十四家僑報終如期壓縮為以下七家：

《成功日報》併購《大夏日報》：仍名為《成功日報》。

《遠東日報》與《新越報》聯合：仍名為《遠東日報》。

《新論壇報》與《前鋒報》聯合（其實是自我合併）：仍名為《新論壇報》。
《新聞報》與《快報》聯合：取新名為《新聞快報》。
《越華報》併購《新聲報》：仍名為《越華報》。
《亞洲日報》與《萬國報》聯合：取新名為《亞洲萬國聯合報》。
《建國日報》與《國際日報》聯合：取新名為《建國國際聯合報》。

「七雄爭霸」的局面，持續了整整三年。

一九六八年十月，韜光俟奮的阮文紹，終於得到美國的全力支持，剪除了阮高祺的羽翼，扭轉乾坤，當選為總統，並迫使桀驁不馴的阮高祺屈居為有名無實的副總統；同時，將被「流放」臺灣當大使的陳善謙召回出任總理，箝制阮高祺。阮文紹頗具謀略，手段圓融，對華僑華人也較為友善，上任後不久即解除阮高祺對僑報的禁令。

僑報又迎來一個繁榮的春天！迫於無奈合併的馬上解除束縛，獨立經營，自由發展；本來就是兩位一體或是後來融合為一的，雖不分家也分工多出版一份報紙，以保存版權（出版許可證）。如《成功日報》增出晚刊《新生報》；《新論壇報》恢復出版晚刊，將原《前鋒報》易名為《論壇晚報》。

解除禁令後的僑報家數共十一家，其中：日報七家（六家大型，一家小型）；晚報四家（全部小型）。沒有復刊的三家：《國際日報》、《大夏日報》及《新聲報》。

七家日報名稱與規格如下：

六家大型：

《成功日報》。

《遠東日報》。

《新論壇報》。

《亞洲日報》。

《建國日報》。

《新越報》（後易名《新越日報》）。

一家小型：《新聞快報》。

晚報四家（全部小型）：

《越華報》——始終獨家經營。

《論壇晚報》——屬《新論壇報》晚刊。

《新生報》——屬《成功日報》晚刊。

《萬國報》——與《亞洲日報》分開後，初期出版晚報，後改出日報，易名為《萬國日報》，未幾，再還原為《萬國報》，並恢復出版晚報。

一九七一、七二年，再有兩家大型日報與一家小型日報加盟，大型報是《人人日報》與《光華日報》；小型報是《海光日報》，後易名《天天日報》。至此，每天出版的僑報又回升到十四家，平了六十年代的紀錄；但大型報之多（八家），卻創下新紀錄。

順筆一提，此期間還有越籍華裔國會議員張偉智創辦的《民聲週刊》。該刊利用其法人為國會議員享有免言責權的優越條件，對執政當局的批評相當尖銳潑辣，頗受讀者歡迎，但出版沒多久，即自行停刊。該刊是越南國會議員為政治服務的華文報刊，不屬僑報。

西貢變天日　僑報滅絕時

至一九七五年四月三十日西貢變天的前夕，每天出版的僑報仍有十家（原十二家中的《新越日報》於一九七三年七月因內部問題停刊；另一家《人人日報》在變天前兩個月，因內部問題起訟，暫時停刊）。其中日報七家：《新論壇報》、《成功日報》、《遠東日報》、《亞洲日報》、《建國日報》、《光華日報》、《新聞快報》；晚報三家：《越華報》、《論壇晚報》、《新生報》。諷刺的是，西貢被「解放」，飽經憂患、歷盡劫難的僑報，卻被打下「十八層地獄」，永不超生！

從此，越南南方的華文讀者，只能讀到於同年五月二日倉促出版的唯一的一份華文報紙——《解放日報》。越南北方的華文讀者，則只能讀到由一九五五年八月一日創刊的唯一的一份華文報紙——《新越華報》。

然而，這兩份報紙都不是僑報。河內的《新越華報》，名義上是所謂「越南華僑聯合總會籌委會」所創辦，後臺老闆當然是中共駐越大使館，報社高層領導亦由中共派駐。至一九六九年九月，中共扶植的胡志明逝世後，越共的親蘇派攫奪了領導權，報社隨即易「主」，由越共屬下的「華運辦」接掌。維持至一九七六年九月二日，終以「已完成歷史使命」宣告走進歷史！

也即是說，自一九七六年九月至今，整個南北越只餘下西貢的一份《解放日報》。《解放日報》一開始便是越共喉舌的「附屬品」（非正式喉舌）。它是越共西貢市委機關報——越文《西貢解放報》的華文版，由西貢市委屬下的「華運辦」出版，向《西貢解放報》負責。

與《解放日報》亮相的同一天（一九七五年五月二日），中共的地下黨人也在《遠東日報》原址，出版了一份《華聯日報》。但面世僅僅兩天，便遭越共屬下的「華運辦」封殺。它可算是舉世最短命的華文報！但它是中共的黨報而不是僑報。諷刺的是，封殺該報的華運分子，幾年前大多數還是中共的地下黨成員。真正是換了屁股便換了腦袋；有奶便是娘！

回首來時路　風雨知多少

從一九一八年創刊的第一份西貢僑報《南圻日報》，到一九七五年四月三十日西貢變天那日下午，由筆者編輯的最後一份僑報——《論壇晚報・號外》，西貢僑報經歷了五十七個寒暑，經歷了無數風雨，無數坎坷，無數險阻。遠的不說，從六十年代到一九七五年四月三十日全部遭扼殺為止，短短十餘載，僑報就經歷了多次巨大的衝擊。

第一次衝擊是一九六三年。吳廷琰政權自一九五七年全面性強迫華僑轉籍後，一直千方百計削弱甚至消除中華文化對華僑的影響，對僑教的越南化不斷加壓加碼，就是為實現這陰謀的一個方面。但當局也心知肚明，僑報的存在，對實現越南化終究是個大障礙，但又未到完全取締的時候，因大多數華僑尚不諳越文。為此，華文與越文搭配，便成為他們的第一步計劃。於是，勒令僑報在一定限期內，最少要有三分之一版面編排為越文版；下一步便是華文與越文對照。即每天出版的報紙，只有一半篇幅用華文為載體，另一半篇幅要用越文刊出。

對左支右絀、舉步維艱的僑報來說，這不啻是一種「慢性謀殺」！同一內容，兩種文本，等於容量減半，銷量與廣告必然銳減；另一方面，搭配越文版，必然要增添越文的設備與人員，增大成本。此消彼長，得失利弊，顯而易見。本來就慘澹經營的僑報，勢必沒法長久維持。一些財政狀況較差的報社，已作好結業停刊的準備。

迫使僑報由虧蝕而至停刊，由減少而至最終完全消失，這正是吳廷琰政權的目的。

一場暴風雨　《亞洲》成試點

陰霾滿天。西貢僑報正面臨一場暴風雨！

《亞洲日報》首當其衝！而令《亞洲日報》成為第一個受害者的，也正因為一場暴風雨！這裡面，有個少為人知的「小故事」。

一九六三年五、六月間，《亞洲日報》副刊版一位編輯，一時麻痺大意，從外地報紙上移植了一篇歷史資料，說的是漢朝名將伏波將軍馬援平定藩屬交阯（越南）的武裝叛亂，誅殺了越南視為民族英雄的徵側、徵貳姊妹（越南尊為二徵女王）。犯了大忌（尤其當時吳廷琰的弟婦吳廷瑈夫人陳麗春，正把自己塑造為現代徵女王）！遭勒令停刊五個多月，復刊的先決條件，就是要搭配三分之一篇幅的越文版。

因轉載一篇史料文章而罹罪，副刊編輯的缺乏政治警覺固然難辭其咎，但一場暴風雨也是這次事件一個意想不到的禍因。那年代，所有出版物都必須經過官方的「檢閱」。報紙每天檢閱兩次：上午檢閱日報的各版副刊和晚報，下午檢閱日報的各版新聞。但這種檢閱既嚴苛又不負責。所謂嚴苛，是指在檢閱過程中如果發現「有問題」，官方可據此追究報社責任。但為了趕時間，報社所送檢的，大都只是報紙的「初樣」，還未經最後的篩選、校正和修訂，報社卻仍有被追究的風險。說它不負責，是指不論任何稿件，雖然已經過檢閱認可，在報紙上刊登出來後，如果「有問題」，被追究的還是報社，檢閱的官方完全不必負責。《亞洲日報》的案例就是後者。

刊載馬援誅殺徵氏姊妹史料的那版副刊，那天也按例與其他副刊版一起送檢。值班檢閱員是位年輕女士張小姐。時間是中午十一時左右。當時她正在字斟句酌地認真檢查慣於打黃色「擦邊球」的《新聞報》的副刊版。外面本來是晴朗天氣，卻突然狂風乍起，烏雲壓頂，雷電交加；暴風雨來了。張小姐的男朋友也因暴風雨而專程騎電單車來接張小姐下班。張小姐則由於在涉黃副刊上花太多時間，已經超時；又因為《亞洲日報》各副刊版一向中規中矩，讓張小姐放心，認定這天的副刊也不會有問題。為了不令男朋友等得太久，張小姐便請很熟稔的《越華報》記者兼送檢員吳先生代勞（吳先生當時因暴風雨尚未離開），在《亞洲日報》送檢的各個副刊版上蓋上檢閱章。

通過檢閱，《亞洲日報》當然以為平安大吉，豈料就這樣被停刊五個多月，並以搭配越文版作為復刊的先決條件。損失不菲。至於那位檢閱的張小姐有否因此內疚沒人知道，只知道她完全不必負責。各僑報吸取《亞洲日報》的教訓，唯有自求多福，對各個副刊版的選稿，更加小心翼翼。

就在《亞洲日報》搭配越文版的新措施推行了尚未足一月，當局又企圖推廣到其他僑報之際，平地一聲雷！一九六三年十一月一日，吳廷琰的家族統治被他賴以保護的衛戍部隊倒戈推翻。這真是千載難逢的良機！《亞洲日報》當機立斷，馬上將已印備的越文版銷毀。

新上臺的軍人當權派，根本無暇理會這些「瑣事」。困擾僑報多時的搭配越文版問題，也就此不了了之。

僑報終於避過了一波惡浪的衝擊。

強迫配成雙　半數要停刊

第二波衝擊是一九六五年十月。

在美國支持下，阮文紹、阮高祺軍人政權（阮文紹當時為虛位元首，阮高祺為掌行政權的總理），剛穩住各軍事強人政變頻仍的局面，便迫不及待向僑報「開鍘」：壓縮半數僑報，將十四家「壓」為七家。具體做法是兩家併為一家，限期完成；合併不成者，作自動停刊論，撤銷版權（出版許可證）。這亦等於：十四家僑報經過壓縮後，充其量只有七家，極有可能少於七家。

壓縮，還算留有餘地，未至於斬盡殺絕（如西貢變天後越共那樣）；但最低限度也有半數要停刊，有半數人員要失業，有半數弘揚中華文化的陣地要失落。這未嘗不是一個異常沉重的打擊！

合併，又談何容易？各報有不同的建構，不同的宗旨，不同的方針，不同的風格，不同的讀者對象；合併後誰主誰輔？人員如何安排？設備如何消化？利益如何分配？權責如何均衡等等，每一個問題個都不容易解決，但又非解決不可；否則，限期一到，版權被撤銷，損失更大。

那期間，不僅各報負責人煞費思量，從業人員也非常徬徨，不知何去何從？

不過，中國人尤其海外歷經憂患的中國人都有很強的適應性，只要有一線生機，必能掙扎生存。十四家僑報終於克服重重困難，配對成雙，成為七對「患難夫妻」，共度時艱（詳情見前文）。

經歷了三年風雨，到一九六八年十一月，「報禁」解除，才作「勞燕分飛」（詳情見附錄〈華文報「勞燕分飛」〉，筆者一九六八年十一月五日發表於《成功日報》的新聞特寫）。

附錄　新聞圈內的新聞　華文報「勞燕分飛」

——原刊一九六八年十一月五日《成功日報》

此情待追憶　當時未惘然

一九六五年十月廿五日，是越南華文報（按：即僑報，華文報是當時南越官方的稱謂）「集體結婚」的「吉日良辰」；經過了三年多的「夫唱婦隨」、「同撈同煲」，這幾對「夫妻檔」，終於在上個月又宣布「勞燕分飛」、「各奔前程」了。「世事漫隨流水，人生幾度秋涼」，能不令人悵然！

想當年，華文報壇共有十四支勁旅（七家日報，七家晚報），情況熱鬧，競爭更是激烈；可是，就在這熱烘烘之時，各報突奉命「成家立室」、「男婚女嫁」。於是乎，這十四位「有情人」便在新聞圈這個小天地裡物色「佳偶」，「擇木而棲」。身世「淒涼」的，希望藉此良機釣個「金龜婿」，吃口安樂飯；「金枝玉葉」則想找個「門當戶對」的結為「龍鳳配」；「兩小無猜」倒落得「有情人終成眷屬」。總之，各得其所，各憑「緣份」，這十四位「有情人」，在「父母之命，媒妁之言」或「兩廂情願」之下，結為七對「歡喜冤家」。即：《成功》配《大夏》；《遠東》配《新越》；《亞洲》配《萬國》；《建國》配《國際》；《越華》配《新聲》；《論壇》配《前鋒》；《新聞》配《快報》。

這七對「歡喜冤家」本來各自獨立：辦報目的各異，新聞事業觀點不同，讀者對象也不一樣，未結合前，在「友誼」的立場上，也許還能守望相助、疾病相扶；一旦結為「夫婦」，「相見易得好，久住難為人」，很容易發生磨擦，終至歧見日增，利益矛盾也更為尖銳。於是，「同床異夢」、「貌合神離」也就在所難免。這種先天不足、後天「不」調的「愛情」，早就註定「難偕白首」。這種趨勢，旁觀者看得很清楚，當局者也不迷惘；只是當時為了因應情勢，明知是「怨偶」，也不得不「攜手」；明知是「冤家」，也不能不「聚頭」。現在，既有機會還我「自由身」，與其痛苦的結合，倒不如愉快的分手。

勞燕喜分飛　兩廂長廝守

在這七對「夫妻檔」中，最先宣布離異的是《建國國際聯合報》。該報自遭爆炸破壞後，《建國》便自家發揮「建國」精神，一方面在「廢墟」上積極建設，一方面另起「爐灶」，可有「生聚」、「教訓」雙管齊下的氣概。而更令人刮目相看的，是該報未與《國際》結合之前，是每天出紙一大張的小型報；與《國際》攜手後，陣容充實，成為兩大張的大型報；這次雖橫遭爆炸破壞，又與《國際》脫離關係，單憑獨力，仍保持兩大張的「大家風範」。這份勇氣與魄力，可敬可佩！

另方面，與《建國日報》分道揚鑣後的《國際日報》，據「路邊社茶枱電」透露：現正密鑼緊鼓籌劃中，而且由報壇知名的「將」級人物出任「統帥」，相信不久將以異軍突起姿態，雄霸報壇一席。（筆者按：《國際日報》後來並沒有再出版。）

繼《建國國際聯合報》「分袂」之後，《越華報》與《新聲報》的「離異」啟事也登了出來；《遠東日報》與《新越報》亦宣布「拜拜」。這兩對「夫妻檔」中的《越華》和《遠東》，「婚前」「婚後」風采依然，青春長駐；至於《新聲》與《新越》，仍據「路邊社茶枱電」稱：該兩「新」字頭的「自由人」，不久將以嶄「新」姿態會見新知舊雨。敬請拭目以待。（筆者按：後來，《新聲》沒有再「響」；《新越》則以大型報「新」姿再戰江湖。）

令人豔羨的，還是《論壇》、《前鋒》這對「親上加親」的「恩愛夫妻」。現在，他們形式上是「一分為二」，精神上則仍是「合二為一」；是「異床同夢」「貌離神合」。正因為有了這催化作用，《論壇》還擴張「版圖」，由小型報轉為大型報。「愛情」的力量大矣哉！

餘下的「夫妻檔」，還有《亞洲萬國聯合報》、《新聞快報》與我們的《成功》。《亞洲萬國》因為還未復原（遭爆炸破壞），未有明朗的跡象；不過，據接近該報「官」方人士披露：這對「夫妻檔」，「各奔前程」的可能性較高。

至於《新聞》與《快報》這對「兩小無猜」、甘苦與共的「患難夫妻」，「愛情永篤」「長相廝守」，似是「應毋庸議」了。

最後該說到我們《成功》了。不是往自己臉上「貼金」，我們這對《成功》、《大夏》自結「連理」以來，一直都是「荷包是肚兜，肚兜是荷包」無分彼此的兩位一體，自贊一句「模範夫妻」也不為過。

但願人長久　千里共嬋娟

由一九六五年十月到一九六八年十月，十四家華文報經歷了整整三年的「夫妻生活」。這一千多個朝夕共處的日子，是甜是苦，是喜是悲，是愛是恨，只有「當局者」才體味得到。而今，一旦「勞燕分飛」了，儘管有過不少恩恩怨怨，但「一夜夫妻百日恩」，何況是三年的患難與共，多少總有點「是離愁，別有一番滋味在心頭」吧？因此，相信各「夫妻檔」，不管過去是「貼錯門神」，抑或現在是「瞭解的分手」，經過這三年的風雨飄搖，尤其今年兩次城市戰亂（筆者按：即越共兩次在西貢發動的「戊申攻勢」）的「同舟共濟」，今天，「愛情」雖已劃上句號，但那份「戰鬥的友誼」總會「忘不了」。這段「不了情」，對今後華文報的守望相助，必然會起一種積極的作用；最低限度一定會比「大婚」前更為關心更為情切！

「但願人長久，千里共嬋娟！」這是所有「有情人」的心聲吧！

巨款作抵押　輿論被阻嚇

第三波衝擊，發生於一九七一至七二年間。

阮文紹與阮高祺的明爭暗鬥，到一九六八年十月塵埃落定，阮文紹占上風，奪回行政大權，並解除「報禁」，僑報又出現每天十一家出版的盛況。這期間，越文報業也空前繁榮，每天出版的超過二十家。競爭異常激烈。它們利用「兩阮」矛盾，以及阮文紹「秀」給美國人看的「新聞自由」，各報均放手大幹，作風越來越潑辣，言論越來越尖銳，簡直是肆無忌憚；對政府甚至對阮文紹個人，冷嘲熱諷有之，指桑罵槐有之，正面攻擊亦有之。阮文紹初則無奈，終於忍無可忍，於一九七一年拋出撒手鐧——「報紙出版按金法」。

所謂「按金法」，其實就是「預付罰款」。即所有在南越出版的報紙，不論是原有的還是新創刊的，不論越文報還是外文報，一概要向政府繳納二千萬元越幣的按金（以當年市值計算，相當於籌組一家有排字、印刷等設備的新報社所需的資金），方准出版；也不諱言，此筆按金是作為報紙違例的罰款。

阮文紹這一「招」，主要是為了對付越文報。因為大多數越文報都交由印刷廠排印及發行，報社本身僅有一間設備簡單的辦公室充作編輯部與營業部，萬一出了問題被查封，也不過那麼一間辦公室（大多數還不是報社自己的物業，而是租來的），損失很有限。至於承印及發行的印刷廠，只要所承印及發行的報紙有合法的出版許可證，廠方就不必負任何法律責任。因此，這些報紙就有如一個窮光蛋，家無恆產，無後顧之憂，幹起事來，可以去盡博盡；但繳付了二千萬元按金，等於被人卡住脖子，雖未致動彈不得，卻不能不有所顧忌。

這本是城門失火，僑報卻難免池魚之殃！

要繳交這麼巨額的按金，對大都有政治背景的越文報來說，不是什麼大問題；但對純屬商業性經營、設備龐大、流動資金有限的僑報來說，可是相當棘手的事。為籌集這二千萬元按金，報社的負責人傷透腦筋，有的到處張羅求助、借貸，有的將報社的房產物業抵押給銀行；有幾家幾乎到了最後期限，才在岌岌可危中出現轉機。

不過，一如過去每次橫逆之來那樣，僑報總有辦法去抵擋去應變，這次也不例外。在二千萬元按金的壓力下，除了《萬國報》和《天天日報》因交不起按金無奈停刊外，原有從合併再分開的十家，以及後來創刊的兩家《光華日報》與《人人日報》，共十二家均如期繳交了按金，繼續出版。

至一九七三年六月，《新越日報》因內部問題自行停刊；一九七五年二、三月間，《人人日報》亦因內部問題起訟，暫時停刊。每天出版的僑報仍有十家，維持至一九七五年四月三十日西貢變天前夕。其中《人人日報》的停刊屬短暫性，因而在計算遭越共封殺的僑報家數應為十一家。

一幅裸女圖　整垮萬國報

以上所說的一波又一波的衝擊，針對的是僑報的整體，至於個別報社遭受的橫禍，更是此起彼伏，隨時都可能發生。而這些橫禍，罪名幾乎都是「莫須有」。記憶較深，在同業中震動較大的，有以下幾樁。

在上世紀五十年代中期，《萬國晚報》（世界日報晚刊）頗受小市民的歡迎，卻因一幅裸女圖，令該報幾陷於萬劫不復的境地，被迫停刊數年，直至改朝換代，吳廷琰政權垮臺，才重出生天！

此事件也與「二徵女王」（徵側、徵貳姊妹）有關。不同的是，前面所說的《亞洲日報》的「二徵」事件，是與「二徵」的歷史有關；《萬國晚報》此事與「二徵」根本風馬牛不相及，是當局生拉硬扯為誣陷找藉口。

事件也始於「新聞檢閱」。那天，送檢的《萬國晚報》有一則新聞沒有通過，要在拼好的鉛字版中抽掉這則新聞。但當局為掩蓋新聞檢查的惡行，嚴禁在被抽掉新聞的位置上留空白

（即「開天窗」），一定要將空白位置填滿。因應這種天天都有可能發生的情況，報社的應對辦法，一是排好幾則或長或短的次要新聞稿件作後備，以填補被抽掉的空白位置，但這些後備稿件是否「安全」，亦有顧慮？一是多製備幾個面積大小不一的圖片電版，按被抽掉位置的大小，以圖片電版作為填充。此法似乎安全，因圖片一般較少政治性。豈料《萬國晚報》這次偏偏在圖片上摔得奄奄一息，幾乎氣絕身亡！

當天，該則新聞被抽掉後，排字部按慣常做法，量度了空白位置，找個面積相若的圖片電版（這些電版由編輯部選定交排字部備用），將空白位置填滿後，馬上便付印、出版發行。

豈料大禍臨頭矣！原來該幅填補被抽檢新聞的圖片，是一幅坦胸露乳的越南山地的裸女圖！山地婦女裸露胸部是一種風俗習慣，不值得大驚小怪；何況，該幅照片是一位國際知名的攝影家單雄威的藝術作品，完全沒有色情成分。當局沒有入罪的理由；然而，不幸的是，那天是陰曆二月初六日，是越南「民族女英雄」二徵女王的殉難紀念日！更不幸的是，自比為現代徵女王的「第一夫人」陳麗春，那天發表了紀念二徵女王的講話，且刊登在當天報紙的新聞版上。如此「神聖」的日子，如此「重要」的講話，你竟然配上一幅裸女圖！豈不是心存輕侮，刻意褻瀆？是可忍孰不可忍，於是，盛怒之下，重判無限期停刊！

遺憾的是，《萬國晚報》的前車覆轍，沒有引起同業的警惕，事隔僅數年，《亞洲日報》的一位副刊編輯，竟移植了一篇馬援平亂誅殺二徵的史料，令《亞洲日報》又幾乎成為「二徵」的「刀下亡魂」（見前面所述，在此不再贅）！巧合的是，這兩位在「二徵」陰刀下逃過一死的「難兄難弟」，在一九六五年十月被強迫「配對」時，最後在無可選擇中，無奈地結為「歡喜寃家」。不知是否因同「性」相拒，所以同「病」也不相憐。

蠅頭小鉛字　令僑報蒙冤

以上兩宗「寃案」，一是裸女照片，一是史料文章，「犯」案「證據」還算顯而易見；尚有另類「寃案」，「罪證」竟是用放大鏡也不容易找得到的！但「明鏡高懸」的官府，卻以此將不幸的苦主——僑報報社，折騰得遍體鱗傷！

前面說過，為了趕時間，報社送往當局檢閱的，大都是報紙的初樣，未經最後的篩選、校訂和修正，必定有許許多多錯漏謬誤的地方，研判或裁定當天某份報紙某個地方的是非對錯，有否違例違法，應以當天正式出版發行並送呈有關部門存檔的報紙為準。然而，「官」字兩個口，有關官吏不以此正常程式為準，而以他的主觀認定為準。

《越華報》便是這樣蒙寃受屈的。寃案發生於一九六五年元月三日。當時的西貢正實施軍事戒嚴，首都總鎮（即首都區衛戍司令）掌控整個西貢的生殺大權。新科總鎮上任不久，「新官上任三把火」，第一把火便燒向僑報。負責檢閱僑報的都是新總鎮的「皇親國戚」，也是新官，也要「立威」，殺出一條「財」路。《越華報》倒楣，碰在刀口上。

那天送檢的初樣，有一則戰訊，報導在越南境內發生的一場戰事，文中有這麼一句：「十名國家軍陣亡，另二美軍失蹤」，但「手民誤植」（排字工人誤排）為：「千名國家軍陣亡，另二萬軍人失蹤」。

按不成文的慣例，送檢的初樣只是「備份」，並不作準；但新官存心要「立威」，好不容易才抓到這把柄，豈會輕易放過？《越華報》則一時掉以輕心，沒有馬上進行「關說」、「疏通」，事情便迅速惡化。三天後，總編輯、總經理（社長出了國，由總經理代）連同植排該則戰訊的兩位排字工人，全部被扣押，報紙即日起停刊。

《越華報》是官商合營的報紙，中國國民黨第三組（今之海工會，專責海外華僑之文宣、情資工作）是最大股東。報社遂要求駐越大使胡璉與駐越軍事顧問團團長鄧定遠兩位將軍協助斡旋，豈料兩位將軍均以「不便過問內政」為由婉拒。後來，幸得報社某位顧問另求於陳厚儒公使。沒想到這位「儒」雅翩翩的「文官」比兩位「武將」更有擔當更有氣魄，義無反顧地伸出援手。後來，就憑他的一封公函，被扣押了三天的兩位老總獲釋，報紙數日後復刊。兩位排字工人因直接涉案，需繼續審查，羈押一個月後無罪釋放。

同樣因蠅頭小字被入罪的，《越華報》之前還有《遠東日報》。不同的是，《越華報》事件發生在吳廷琰政權被推翻後，軍事強人政變頻仍的軍事戒嚴時期；《遠東日報》事件則發生在吳廷琰全盛期。《越華報》的「罪證」在送檢的初樣上；《遠東日報》的「罪證」，則在正式發行的報紙上。在一則報導吳廷琰總統的新聞中，「吳」字誤植了「臭」字，「吳總統」

變了「臭總統」！也是六號蠅頭小字。官方將此無心之失視為「惡毒攻擊」，「量刑」當然更重。幸得時任《自由太平洋通訊社》社長的溫天錫慨伸援手，央得雷震遠神父向吳廷琰「關說」求情，才獲准「從輕發落」：社長朱聞義寫悔過書自責，退居二線任董事長，「太子」朱烈登「登」基任社長；植排該段新聞的排字工人被開除，免牢獄之災，算是大幸。經這樣一折騰，報紙也停刊了多個月。

《遠東日報》是行業中的老大哥，一向謹小慎微，這次幾乎小隙沉舟，是什麼原因？「禍」源也是來自新聞檢查。原來該日送檢的稿件中，有一則新聞被抽起，當值編輯就在已排好的備用稿件中，選了一則有關吳廷琰總統的新聞稿補上，以為這類官方發佈的稿件當萬無一失；豈料該稿件雖早已排好，卻未校訂。「臭」總統就這樣「漏」了出來。

鐵蹄踐踏下　也難免出岔

追溯得更久遠一些的廿世紀四十年代初，被蠅頭小鉛字弄得灰頭土臉的，還有《中國日報》。

當時，該報與日軍特務機關的《新東亞報》為「東亞共榮圈」一唱一和，正當躊躇滿志之際，不料竟先後兩次出醜：一次是「日本帝國駐安南（當時的越南）大使」，「使」字誤植為「便」字，「駐安南大使」變成「駐安南大便」。另一次是戰事彙報，大吹法螺：說什麼「軸心軍（即德、意、日軸心國集團的軍隊）一年來取得非常勝利」，「非常勝利」卻漏植了「常」字，變成「軸心軍一年來取得非勝利」。拍馬屁拍了馬腿！特務機關當然震怒，兩位「太子」自然誠惶誠恐，乞恕求饒；只可憐植排該兩段稿的排字工人連同工頭，慘遭特務機關「大刑伺候」！

行外人也許不明白，既然一字千鈞，為何不多加小心？其實，當年這種鉛字活版排印，「誤植」是無可避免，甚至是避無可避的事。六號字（四十年代《中國日報》用的字粒較大一點點，多是五號或新五號），小如蠅頭，加上不斷的在印刷機上直接印刷，字粒不但會磨損更會粘上油墨，模模糊糊，似是而非，張冠李戴，視而不辨，就不是什麼奇怪的事。如「臭」字，乍看會以為是「吳」字；加上識別上的先入為主，「吳總統」早已進入頭腦中，突然變「臭」，自然不以為意。還有一點是行外人不明白的，是擺放字粒的「字倉」位置，是按漢字的部首與筆劃編排的，如「十」字與「千」字是隔壁，「使」字與「便」字是毗鄰，將印刷後的鉛字粒返還到字倉時，彼此交錯放置，入錯了倉，排字時誤植的機率就很大，「十」人變了「千」人，「大使」變了「大便」，也就不奇怪了。其實，這純粹是技術問題，小瑕小疵，在所難免；但「有心人」硬要將其政治化，無限上綱，寄人籬下的蟻民，除了含冤受屈又能奈何？

以上記述因蠅頭小字罹罪的都是無心之失，但也有刻意利用蠅頭小字以達到不可告人目的之卑劣行徑。當然，這是極個別的事，有近一甲子歷史的僑報，發生過類似的有兩宗。

第一宗，發生於一九五三年的《和平日報》。有一天，該報副刊版上有一篇文章，開頭的幾行字，無論是豎讀或由右起橫讀（按：當年的僑報一律豎排、直讀，偶爾有標題橫排，也是由右起讀），都讀不通；但改作左起橫讀，便露「玄機」，竟然是句政治口號：「同胞們，團結起來，擁護共產黨毛主席」。去除標點共十五個字，分別排在十五行豎排文字的第一個字的位置上，第一個「同」字排在第十五行的第一個位置，最後的「席」字則排在第一行的第一個位置。所以，要從左起橫讀才讀懂整句口號，可謂煞費苦心。但誰也沒想到，這竟是排字部一名未成年的小學徒，在報紙付印前偷偷將字粒抽換上去。

難得的是，事發後這小學徒沒有逃避，坦承是他幹的。被捕後他供認，有人給了他數百元（相當於排字工人一個月的薪水），教他這樣做；他留下來，是不想連累別人。追問指使他的人，他說根本不認識。很有「義氣」的孩子！由於他的坦白，等於協助了破案，警方也沒有難為他。

至於幕後「黑手」，不言而喻，是個左傾幼稚病患者；他不但無聊，而且無恥！竟不惜將一個無知少年推向危險邊緣！如果警方刑訊逼供，少年有多無辜！金錢能抵償那殘酷的傷害嗎？

不過，更無恥的還在後面的第二宗。

無良包工頭　炮製文字獄

第二宗，又回到闊別約十五年的《中國日報》。

自古以來，藉文字製造冤案的，似乎是官府的「專利」；這一宗卻例外，由包工頭炮製冤案，加害工人。而這包工頭竟然還是一名所謂「進步」的紅色分子！

那是廿世紀五十年代中期五十五、五十六年間的事。此事別說社會上少為人知，連僑報行業中甚至出事的報社內，亦極少人知道；就算風聞，也不清楚內幕。

一九五四年印支問題日內瓦協議簽訂後，法、越衝突結束，中南（印支）半島出現短暫的和平局面。面對此「大好形勢」，中共地下組織力圖滲透擴張，但地下黨領導層發生嚴重分裂，出現兩個「山頭」兩條「路線」的鬥爭：以莊庸為首的一派，主張「發揚國際主義精神，發動華僑參加當地人民的解放鬥爭」，並成立外圍地下組織「華僑解放聯合會」，簡稱「解聯」，出版地下報紙《解放報》；以陳華民為首的另一派，則主張「響應祖國號召，不干涉他國內政，發揚華僑團結愛國精神」，也成立一個外圍地下組織「華僑愛國聯合會」，簡稱「愛聯」，出版地下報紙《團結報》。兩派為擴大對僑社的影響力，爭奪地盤，互相攻訐、詆毀，鬥得天昏地暗、你死我活。

當時位於咸子街的《中國日報》與《中國晚報》的排字部，本是「愛聯」的天下。他們的團結工作做得相當好，把大部分工友的業餘生活拉回學文化、練音樂歌唱與旅遊活動的正軌。但正當漸入佳境中途，排字部領班換人，且由領班負責制改為帶有剝削性的包工制，由張其昌、張文選叔侄倆入主當包工頭。此叔侄倆乃「空軍司令」，手下無兵，而大部分工友對包工制很反感，與叔侄倆格格不入。為鞏固其包工頭地位，叔侄倆竭力拉攏一些生活散漫、有黃賭惡習的工友助陣，但人數不多，不成氣候。其實，大部分工友雖然不滿過時的包工制，但仍安守本份，做好自己的工作，只是對叔侄倆不假辭色而已。叔侄倆對此卻非常介懷，認為必有「幕後黑手」操控；是「有組織、有領導」的行動。

於是，由「後生可畏」的侄子張文選主其事，全面反擊。

一天下午，日班的工友正在緊張而又不失輕鬆地在工作，突然，大門口停了兩部轎車，七八名便衣安寧人員下車後，兩人守住門口，其餘的逕直衝進排字部，拔出手槍，用越語喝令眾工友放下手上工作，原地站立，不許挪動。隨即宣布：「你們老闆說，這裡有共產黨。我們現在就來抓捕共產黨！」並揪出一名只有十四五歲的小學徒基仔，叫他認人。基仔怯怯地來到工友朱福華面前，向握著手槍的一名安寧人員點了點頭。那安寧人員上前用槍指著朱福華，叫朱穿上外衣褲（排字工人開工，一般都只穿短褲背心），扣上手銬，推出門口，上車揚長而去。

跟著，張文選如釋重負地叫大家繼續開工，同時向工友朱文聰冷冷地說：「太子琛（即老闆梁華琛）通知，你暫時不可以離開報社，不可以回家，直到有新通知為止。」言下之意，是將朱文聰禁閉在報社。

朱文聰和朱福華是住在同一個小市的好朋友，朱文聰進報社工作是朱福華所介紹。因此被張文選視兩人為「同黨」；又因朱文聰比較低調，張文選便視其為「從犯」。禁閉在報社是防其潛逃及通風報信。但「太子琛」仍不放心，多次親自「審問」朱文聰，出言恫嚇，要朱供出與朱福華的關係、報社內還有多少同黨等等？經多日白費唇舌後，才無奈恢復朱文聰的自由。

朱福華則不知所蹤，毫無音訊；既不知所犯何罪，也不知哪個部門抓人，更不知被囚在什麼地方？家中六十多歲的母親終日以淚洗臉，未成年的弟弟也乏人照顧，境況令人心酸！

事隔多月後，終於真相大白，原來這是包工頭張文選一手炮製的文字冤案！排字工人朱福華所繫的是「文字獄」！而且是冤獄！

僑報的文字冤案有過不少，較凸出的有前面所說的數宗，而最嚴重的也不過是導致報紙短暫或較長時間的停刊，但慘遭刑訊逼供與羅牢獄之災一年多的，唯《中國日報》排字工人朱福華一人！最令人憤慨的是，這冤獄不是來自官方的高壓，而是報社員工的「內訌」；而對此案起著舉足輕重作用的報社資方，竟不分青紅皂白橫施毒手！不但成為幫兇，也是罪大惡極的殺手！

披政治外衣　掩無恥行徑

上面說過，包工頭張文選為了保住其包工頭的私利與地位，向排字部的原班工友，進行全面反擊。拘捕朱福華，是他的「重頭戲」，也是他的「重大勝利」！事後，他向工友透露朱福華的「犯案」經過：

有一天，報社編發了一則人事廣告，以《中國日報》及《中國晚報》的名義祝賀某公司的開業。按慣例，將報紙初樣送往官方檢閱之前，先送一份給社長「太子琛」審查。對以自己報社名義刊出的人事廣告，「太子琛」當然特別留意，豈料不看猶自可，看了嚇一跳！火冒三丈，暴跳如雷：豈有此理，《中國日報》竟變了《中共日報》！他馬上找來包工頭張文選。張文選也大表「震驚」，但勸「太子琛」少安毋躁，他一定抓出「幕後黑手」。

張文選果然「神通廣大」！不出廿四小時，便查出誰主使、誰動手，並將人帶到「太子琛」面前，來個「案情重組」。此人便是小學徒基仔。

據基仔招供：是朱福華給了他一百元（當時一個排字工人的月薪約八、九百元），叫他在別人排好且拼好版及已經校訂過的那則廣告上，將《中國日報》的「國」字抽掉，換上個「共」字。就是這麼簡單。

「太子琛」怒不可遏，認定朱福華就是潛伏在排字部的共產黨分子，並迫不及待地報案。於是，《中國日報》排字部上演了前面所述的、便衣安寧人員秘密拘捕朱福華的事件。

然而，案情真的「這麼簡單」嗎？這只是包工頭張文選誣陷朱福華的片面之詞。實際情況應是張文選向其地下秘密組織報告那樣。

原來，張文選和朱福華都是中共地下黨外圍組織「愛聯」的成員，但上線的直接領導（聯繫人）不同，彼此不知道對方身份。事發後，各自的聯繫人都必須向各自的上級報告，這才發現，竟是大水沖倒龍王廟——自己人不識自己人。張文選所持的「理由」居然是：以為朱福華那班人是「解聯」分子，所以給予「無情打擊」！這不能不讓人懷疑，張文選的「無情打擊」還可能被認為是「政治正確」而得到上級領導的批准，所以，事後他仍振振有詞，也沒有受到任何處分。

現在，讓我們來揭示張文選進行「無情打擊」的卑劣手段。張文選憑恃包工頭的權勢，威迫利誘小學徒基仔，要基仔將廣告上的「國」字換成「共」字，並向「太子琛」供出，是朱福華用錢收買、主使他做的。借「太子琛」和安寧機關之手，剷除朱福華。完全是下三濫的插贓嫁禍、借刀殺人手段！

且不說朱福華與他本是同一路人馬，縱使朱福華是「解聯」分子，也是「系出同門」，有必要如此狠毒嗎？退一萬步說，縱使朱福華是「階級敵人」或與你張文選有不共戴天之仇，就可以用如此卑鄙下流手段？張文選的所作所為，類似當年《和平日報》的「翻版」；不同的是，《和平日報》那齣是「左傾幼稚病」鬧劇，張文選演的是令人不齒的政治惡鬥醜劇！

也許這就是他們所謂的「殘酷鬥爭」吧？不過，比起以下要說的血淋淋的恐怖暗殺，張文選的插贓嫁禍、借刀殺人手段，實在屬「小兒科」。

暗殺與爆炸　以「華運」制華

越共黨組織中有個頗特殊的部門——華運辦公室（越文BAN HOA VAN）。該部門沒有自己一個系統，而是附屬於越共各級黨組織下面，由各級黨委直接掌控。如中央華運辦，由黨中央掌控，省、市華運辦，由省、市黨委掌控；中央華運辦不是省、市華運辦的上級，不能直接指揮省、市華運辦。這樣分級橫向切割掌控有其「特殊」作用：你這個部門無法上下串成一體，獨立成軍。這說明越共對這些「非我族類」的疑慮與不信任。其實，懂得用腦思考的人都清楚，所謂「華運」，有何可「運」？不就是「運」用華人對付華人（當然也包括華僑），簡單的說，便是「以華制華」。可憐那些被「國際主義」洗腦的「菁英」，還以為自己真的是「國際主義戰士」，為了表示赤誠，為了向主子邀功，做得比主子更極端，更心狠手辣！

以針對新聞媒體（主要是報紙）所取採的手段而論，其暴虐、殘忍，越共便遠不及它所掌控的「華運辦」！「西貢市華運辦」下設有所謂「華僑特工小組」、「華僑暗殺團」、「西堤華僑行動小組」、「西堤華人武（裝）宣（傳）隊」等。名目雖多，實際上都是那十多名亡命的青年男女，翻來覆去的變換名稱，虛張聲勢。他們的任務，就是在僑社中進行暗殺、爆炸的恐怖活動。為了方便表述，本文統稱為「華運特工隊」。

西貢的越文報紙不下二十家（比華文僑報多一倍以上），不論各家政治背景如何，沒有一家是不反共的（這是當時越南共和國的國策所規範），但從來沒有任何一家越文報社被越共破壞，沒有任何一位越文報人遭越共殺害。對比僑報，都是商業性報紙，沒有政治背景，只有一種不能不接受執政當局所規範的反共立場，但也正因為這一立場，被「西貢市華運辦」貼上「格殺勿論」的標籤，在「革命」的名義下，僑報一家又一家被爆炸；僑報報人一個又一個被槍殺！

只要槍在手　殺便有理由

第一個喪命於華運特工槍下的僑報報人，是《越南快報》社長潘文遠。他的報刊創辦於一九六四年十二月，未及一年，便慘遭槍殺，伏屍街頭，死得不明不白。還幸其未亡人邵氏粧堅強不屈，秉承遺願，接掌業務，繼續出版；並於同年十月，與《新聞報》聯合，組成《新聞快報》，一直出版至西貢變天後被集體扼殺。先殺其夫，後封其報。可謂「趕盡殺絕」，邵社長情何以堪！

第二個遭華運特工槍殺的僑報報人，是《亞洲日報》總編輯方中格。他是一九六八年某日下午，在前往報社上班途中，遭特工伏擊身亡的。他的被殺，是華運特工憑恃「槍桿子」箝制輿論，「殺雞儆猴」的罪惡行徑。事件還得由一年前的一宗爆炸案說起。

一九六七年九月二十日，兩男女華運特工，手抱嬰兒，攜同裝載嬰兒用品的手提籃，利用警衛人員寬待婦幼的善意，以申辦證件為名，混進中華民國駐越南大使館的辦證大廳，將內藏計時炸彈的手提籃置於接待櫃檯上，然後兩人藉詞先後抱著嬰兒離開，片刻後計時炸彈爆炸。

巨響聲中，櫃檯內的多名使館人員均倒在血泊中，分別受輕重傷；使館屋宇損毀嚴重。

事件發生後，方中格以〈慰問受害者‧質詢行兇者〉為題，在《亞洲日報》發表社論加以評述。從社論標題可以看出，方中格的用詞已非常謹慎、低調，對「行兇者」只是「質詢」，連「譴責」都避免。但「華運辦」仍不放過他。這是殺他的重要「罪狀」。

其次，「質詢」之聲過後不久，方中格又以「方圓」的筆名，在《亞洲日報》發表長篇連載〈鐵馬秋風祖國行〉。記述他不久之前到臺灣各地訪問的觀感。對臺灣的勵精圖治、繁榮進步給予充分的肯定和頌揚。這也觸犯了「華運」分子的大忌，要將他除之而後快。

炸了人家的使館，人家的僑民提出「質詢」，竟是「死罪」；一個僑民，宣揚自己祖國的業績，竟是「作孽」。因此要他伏屍街頭。這是什麼「革命」「真理」？

諷刺的是，方中格遇害後不久，南越政權的安寧部門，竟派人到報社以「涉嫌共特」的罪名要拘捕他。天呵！僑報報人身上到底有多少「原罪」？還有多少生存空間？

第三個喪命於華運特工槍下的僑報報人，是《成功日報》社長郭育栽。他是一位以製造中成藥起家的成功商人。辦報本就離不開政治，但他不諳政治，也不熱衷政治，他的辦報純粹受同鄉好友郭德培的影響，為支持郭德培而全力參與。他為人耿介直率，仗義疏財，交遊廣闊，結識不少權貴（這也是為報紙的生存、發展需要）。也正因為結識權貴，成為他的「死罪」。在他遇害之前，西貢「華運辦」便以所謂「Ｃ１０１特工大隊」的名義，向他發出恐嚇信。信的內容（原文為越文）大致是：Ｃ１０１特工大隊現向閣下發出嚴厲警告與命令：接到本警告信後，閣下必須立刻終止一切反革命行動，終止一切宣傳及支持擁護紹、祺、謙越奸集團的賣國行動；必須反對偽政權開展的節約稅法及『戰士春之樹』的活動。特工大隊再一次嚴厲警告：立刻終止對『戰士春之樹』的一切宣傳及支持活動……奉勸閣下馬上脫離偽政權之行列，以免招致恥辱的死亡。」（筆者按：信中說的紹、祺、謙，是指總統阮文紹、副總統阮高祺、總理陳善謙。「戰士春之樹」是越南軍隊的歲暮籌款活動。）

對一位僑報社長、富商來說，這樣的「警告」，完全罔顧當時的政治現實。易地而處，讓你「華運辦」的頭頭來當社長，你能不與掌權的高官打交道？你的報紙敢拒絕為軍隊的籌款活動宣傳？說穿了，這不過是為殺人找藉口；為「先禮後兵」擺擺姿態！

數月後的一九七一年十一月某日早上，郭社長照例要從自己的住宅乘車到報社上班，甫步出大門，正橫過小街走向轎車，即發現兩名兜賣油條糕點的女子衝過來向他開槍；他馬上轉身回奔，並高呼「有人暗殺」。但女特工殺得性起，追在後面繼續連開數槍。郭社長不幸身中兩彈，掙扎著跌進家門，再也爬不起來。

兩名女特工「意猶未盡」，逃命時還向郭家大廳投擲了一枚手榴彈，尚幸沒有爆炸，不致釀成更大的慘劇。這說明特工不單要殺郭社長一人，連他的家人也不放過！古人說「罪人不孥」。嗜血成性，不學無術之徒，又怎懂得這道理！

郭社長的罹難，震驚僑報同業。《成功日報》員工均感哀痛，尤其排字部工人，更不忘一九六八年春節，越共進行城市突襲（即所謂「戊申攻勢」）時，報紙沒法出版，很多人回不了家，包伙食的店家送不了飯，郭社長知道後，馬上將家中儲備的白米、臘肉、鹹菜等運來報社應急；為了讓大夥安心，他還當眾許諾，食用完後繼續供應；他與大夥有飯吃飯，有粥喝粥，絕不會讓大夥挨餓！這樣讓員工感動的社長，「華運辦」卻容不了他，非「革」他的「命」不可！

僑報夜歸人　生死一瞬間

「華運」要「革」其「命」的僑報報人尚有多人，但他們「命硬」，特工不是沒機會下毒手，就是「臨危」失手。已知的其中有《新越報》社長何文友、《新論壇報》社長馮卓勳及《成功日報》總編輯黃曄等三人。也許還有被列入暗殺「黑名單」連自己也不知道的，相信大有人在。

何文友社長編、採、撰、譯皆能，是社長中少有的「多面手」。他為人剛正不阿，敢於承擔，有膽識，有魄力。一九六八年，越共先後兩次在西貢發動城市突襲後，越南軍方在各行政郡設立軍事特區，軍人與警察聯合巡邏。一天傍晚，《遠東日報》排字部的部分工人，晚飯後在二樓陽臺乘涼等候開工，突然，一部軍、警聯合巡邏車從近處駛來，工人中很多是兵役年齡青年，馬上逃離陽臺；但已被車上的軍、警發現，加速將車開到報社門口，衝進報社抓捕了六七人，帶回所屬的第五郡特區。

事起倉卒，報社亂成一團。此事既即時影響到報紙的出版，也關連到這六七個青年的人身安全，不僅會被迫當兵，還可能有「共特」嫌疑。排字部領班馬上打電話向何社長（他是當時《遠東日報》與《新越報》聯合後的雙社長之一）報告。何社長即偕同一位警方線記者趕往見特區長。對方表示，懷疑這幾名青年是潛伏的越共特工；否則，為何一見到巡邏車便立刻躲避？何社長解釋，他們是怕拉兵；但堅決保證，他們絕對不是越共特工，只要查出其中任何一人是越共特工，他願意承擔全部責任！那年代，逃避兵役是平常事，況且這也不是特區要管的事。既有何社長的保證，特區長也樂得賣這個人情：無條件放人。

一九六八年的西貢，遭越共特工先後兩次大規模的突襲後，風聲鶴唳，人心惶惶。越共因放棄「農村包圍城市」，採取「城市中心開花」的戰略，派遣大批特工潛入城市，滲透到各階層。何社長對被拘捕的多名排字工人，其實並不熟悉，做出這樣重要的「保證」，所承擔的風險，非同小可！他卻毫不猶豫、義無反顧地做了「保證」。這大愛精神，這道德勇氣，令人嘆服！

然而，正是這樣的一位報人，華運特工卻多次欲置之死地。值得慶幸的是，何社長身邊有一位盡職盡責的保鑣；加上何社長生活較低調，甚少外出應酬，每天就是從住所到報社，從報社回住所，來回四趟；有時徒步，有時乘人力三輪車，保鑣都隨護在側，特工無從下手。

這是西貢變天後，華運特工的一名頭目在炫耀其「戰績」時，無意間洩露的「秘密」，連幾度在「鬼門關」前擦身而過的何社長，對此也毫不知情。

另一位在「鬼門關」前擦身而過的報人，是《新論壇報》社長馮卓勳。

馮社長是歷經風雨、久經戰陣的報界名宿，「論壇」老將。上世紀四十年代，中國國民黨因應抗日新形勢，在西貢增辦的一家僑報《華南日報》，主筆就是他馮卓勳。他不僅是僑報老行尊，精通業務，而且敬業樂業，以報社為家，和妻子老倆口就住在報社樓上，一天廿四小時與報紙分不開。每天，當編輯部所有員工都下班回家後，他獨自一人在孤燈下校訂準備出版的報紙大樣；等報紙印出來後，再檢查一遍。天天如是，數十年如一日，樂此不疲。他對報業的專注與熱愛，相信無人能及。他還樂於扶掖後進，延攬人才。上世紀七十年代初（即西貢變天前數年），也是《新論壇報》業績的巔峰時期，他曾多次不無自豪地在來訪者面前表示：「我報的四大編輯（即劉日昇、王傑智、蘇萍、周文忠），個個都是響噹噹的老總級人馬，到任何一家報社都獨當一面；現在就集中在我論壇報。」頗有天下英才皆為我所用之氣概。

可是，正因為《新論壇報》銷路越來越廣，影響越來越大，華運特工也越來越耐不住，非將馮社長剪除不可。因為只要殺害了馮社長，就等於摧毀了《新論壇報》。

就在馮社長躊躇滿志的日子裡，一天晚上，他應酬後夜歸，計程車直開到報社門口，馮社長剛下車，兩名在附近窺伺的華運特工即現身，其中一人喊了句「馮社長」，馮社長本能地回頭望一下，那人即舉槍向他，他失聲大叫救命。本來就大嗓門的他，危急下聲音更大，特工被這叫聲嚇得驚惶失措，慌忙扳扣槍機，豈料彈塞槍膛，發射不出。特工眼見失手，連忙跳上另一人早已發動的電單車逃命。

馮社長總算在枉死城中撿回一命！

類似馮社長「險情」、同樣在枉死城中撿回一命的，還有《成功日報》來自臺灣的總編輯黃曄。黃老總是《成功日報》從臺灣所聘的幾任總編輯中，較為熟悉編務的一位。其他的雖然有的名氣頗大，但都是以撰寫社論、時評為主。其實，《成功日報》之所以不惜重金聘請臺灣報人為總編輯，主要目的是向中華民國駐越大使館表示效忠，其「潛臺詞」是：我報連總編輯都聘自臺灣，諸公對我報的反共立場，應無所置疑吧！可是，討得了這邊的「歡心」，卻增加了那邊的敵意。所以，不但社長要殺，總編輯也要死！這從一個側面也反映出西貢僑報處境的艱困、險惡！

黃老總不是書呆子，也瞭解自己的處境。他警覺性很高。長期住在報社，平日深居簡出，華運特工要下手也不容易。偏偏那麼「巧」，有一晚，他外出夜歸，如此低的機率，竟給特工抓到；更巧的是，他截不到計程車，卻上了一輛敞篷的摩托三輪車（此種交通工具後來已被淘汰）。當車輛來到十字路口遇上紅燈暫停時，一直騎著電單車尾隨他的兩名特工，馬上衝前竄到摩托三輪車前側，尾座的特工即舉槍向他射擊，但連續扳扣了幾下槍機均不聞槍響。原來也是彈塞槍膛。就在這生死一瞬間，綠燈亮起，駕車的特工只好慌忙啟動電單車逃命。黃老總這才回過神來，真不敢相信，就這麼短速的一兩分鐘，已在枉死城外轉了一圈。數天後便辭職返回臺灣。此事也極少有人知道。

秋後算總帳　多人把命償

以上所述，是西貢變天前的事，西貢變天後，也有多位報人死於非命。

第一位向枉死城報到的，是時任《成功日報》總編輯的陳浪影。

第二位向枉死城報到的，是時任《亞洲日報》總編輯的伍竹君。

兩位都是資深老報人。陳浪影曾任《大夏日報》主編多年。伍竹君是抗戰勝利後，國民政府派往西貢接收日軍特務機關出版的《新東亞報》，並改為《自然日報》的負責人之一（同時奉派的還有另一位老報人張天牧）。正因為長期奮戰報界，閱歷豐厚，深諳共產黨清算鬥爭之殘酷，知道自己劫數難逃，與其屈辱而終，不如自我了斷。就在西貢變天後幾天，兩人先後自盡！噩耗傳出後，僑報報人均表哀痛！

也一如陳浪影與伍竹君兩位所料，越共奪取政權後，它掌控下的「華運辦」馬上進行「秋後算帳」，先後被捕入獄或囚於勞改營勞改的，為數頗眾。吉人天相，「大難不死，必有後福」者，其人與其事，在此不贅。要說的是不幸在牢獄或勞改營中被折磨致死的，有：《遠東日報》主筆羅冠英，《亞洲日報》兼《新論壇報》編輯王業，《光華日報》記者梁善，《新論壇報》記者邢孟才（邢是反共的《自由之聲》廣播電臺粵語話劇的特約編劇，屬編制外人員，但因曾編寫反共諷刺短劇而罹罪）。《成功日報》編輯莫昭民，則因不堪「勞改」摧殘，患重病獲假釋後，不治辭世。

還有以下三位遭秋後算帳、過程帶點戲劇性的名報人少為人知的故事。

禍福大逆轉　命運誰能料

被秋後算帳的眾多報人中，也有來自臺灣的原《成功日報》總編輯、後來轉任《新論壇報》總編輯的劉日昇。

劉原是臺灣《大華晚報》採訪主任兼華僑通訊社總編輯。他體格魁梧，孔武有力，膽識過人。接任《成功日報》總編輯時，正值一九六八年越共在西貢發動第二次突襲（即戊申攻勢）之後。當時硝煙處處，兵荒馬亂，駐貢的外來人員紛紛要撤（原任總編輯黃曄就是在此之前辭職返台的），他卻在此充滿風險的時刻走馬上任。那份勇氣，令人驚歎！

原來，他的冒險犯難有不得已的苦衷——為擺脫「情困」。他年近花甲，妻子是同報社的編輯，子女亦已成年，他卻在兩年前，與同報社的一位比他長女還少一歲的女會計員發生婚外情。從此陷入愛情的糾纏、困擾中，沒法解決，也沒法擺脫，遠赴越南，正是他最佳的選擇。何況，除了報社的工作外，他還是美國中情局的中級官員，到越戰前線，也正是工作的需要。

他到報社上任後，「忘年戀」的女友程葆蕙小姐接踵而至；不久，兩人舉行了婚禮，宴請雙方在越的故舊親友。從此雙宿雙棲，相親相愛，並育有兩名兒子。劉日昇還改名為劉葆夫。

幸福的生活維持了六年多，西貢變天後，厄運降臨！最初一段日子還好，沒有受到任何衝擊。不知是「華運辦」忘記了劉日昇這號「外來人」，抑是上頭還未有對付「外來敵人」的指示，所以不敢輕舉妄動。這也讓劉產生了錯覺，以為「革命政權」寬容、開明、友善。後來，「南方臨時革命政府外交部」還批准了他一家四口返回臺灣，更讓他興奮不已。離境前一天，他到處向朋友辭行，且不忘讚揚「革命政權」的「德政」。

可是，就在離境前一天晚上十一點多（準確的說，是離境前的十個小時），當他們收拾好行囊，一家人高高興興地到附近夜市食肆吃最後一餐夜宵時，兩部美、越軍遺下的敞篷軍用吉普車開到他們寄居的親友家，車上手持AK47步槍的便衣人員，直撲屋內要抓劉日昇；知道劉一家去吃夜宵後，馬上開車趕往夜市食肆，將劉押回住處，經過一番大搜索後再將劉押走。

且不說什麼搜查令、拘捕令，「理所當然」的一概沒有，連什麼部門來抓人，劉將被囚何處，也不置一詞；形同綁架！數天後，劉妻程女士等不到劉的任何音信，情急下跑到「華運辦」去打聽，被門衛用槍逼走。

劉日昇從此音信杳然，恍若日間蒸發！其妻程女士苦等數月，最後，只好攜同兩愛子黯然返台。

直到一九八七年三四月，被「消失」了近十二年的劉日昇，才從煉獄回到人間；一個「鐵塔型」的壯漢，已被折磨成一根「電線柱」！值得慶幸的是，終究保住了性命返回臺灣，與新歡舊愛重聚；享了兩三年天倫之樂，也熬了兩三年齊人之苦，最終被癌魔奪走了生命。

劉日昇為了追求愛情的幸福，才冒險到越南；也為了守住這來之不易的幸福，才在最危險的時候沒有選擇自行離開——以他中情局官員的特殊身份，西貢變天前夕，完全可以獨自先行撤離，日後再設法將妻兒救出。但他沒有做這「明智」的抉擇；而事實上，在危急關頭，也很難做這樣果斷的選擇，因為誰也沒法預料明天！

劉日昇這次逃不過「牢獄之災」，最大原因該是失諸太張揚。臨時政府外交部給他一家簽發出境許可證，此事「市華運辦」未必知情；他們悄悄走了，神不知鬼不覺，等「華運辦」察覺時，已無可奈何。但他大概太興奮了，到處去道別。他可能以為出境證已到手，此事已萬無一失，誰也改變不了。但他沒有料到，外交部有外交部的權責，「華運辦」有「華運辦」的任務，彼此互不牽涉，也互不牴觸。出境證不等於「免死金牌」！他這樣一張揚，必定有人向「華運辦」告密，所以，「華運辦」亡羊補牢，漏夜抓人。

功敗垂成，大福不再，令人扼腕浩歎！

難捨忘年戀　苦海卻無邊

與劉日昇有相類似悲劇的，是他的東主、槍口下餘生的《新論壇報》社長馮卓勳。

西貢變天前夕，共軍兵臨城下之際，馮社長的「最佳拍檔」李朝鈞（《論壇晚報》社長），在外面打了個緊急電話給馮社長，告知已打通關節，覓得兩個機位，他自己一個，馮社長一個，但限時要到，逾時不候！這是最後一次機會！要求馮社長爭取時間，盡快趕往會合。

馮社長接到電話後，若能當機立斷，馬上就走，當能逃過後來的災劫；無奈此時他正與報社一位年輕貌美的女翻譯員陷於熱戀。他苦苦追求才得到對方回應的這段「忘年戀」，他苦苦要求才得到妻子默許的這段「婚外情」，他一走，便風流雲散，落得個「此情可待成追憶」！但這又是最後一次機會，如果不走，很可能面臨殘酷的清算鬥爭！在愛情與逃亡之間，縱是飽經世故的馮社長，一時也委決不下，真個「只是當時已惘然」了。

苦思良久，掙扎良久，最後，馮社長還是以自身安危為重，決定走為上策，馬上趕往與李社長會合；可是，為時已晚！李社長已經登機飛走！馮社長只好黯然折返，坐困愁城，等候命運的安排。

但也有另一個「版本」：說李社長覓得兩個機位後，根本沒有通知馮社長，而是想偕同他最疼愛的大女兒一起出逃，但女兒寧願留下來陪伴母親而婉拒。馮社長的出門前往相約地點，是在家等得不耐煩，要去找李社長看個究竟，不料李社長已不辭而別，撇下老東家、老搭檔，自己遠走高飛。讓馮社長很傷痛！

第一個版本，是馮社長身邊的「外人」耳語相傳所轉述；後一個版本，則是馮社長身邊的親人所透露。但第一個版本的可信度較高。馮一向風流自命，對報社中年輕俏麗的女職員寵信有加，曾多次與總編輯李榮柱為「紅顏知己」暗中較勁，最後導致李總編輯倒戈相向，另立山頭，創辦《人人日報》與其相抗衡。這是後話。此次，要他揮慧劍斷情絲，放棄心愛的女子，談何容易！

「版本」儘管不同，結局還是一樣：厄運陸續向馮社長逼來。先是「華運」分子煽動報社員工開批鬥大會，向馮追討遣散費。馮以報社所有動產與不動產全部被封，錢財已蕩然，老命有一條，有興趣可拿走相對應。「華運」分子指他冥頑不靈，指使工人將他禁錮在報社內，不許外出。馮不甘折辱，憤而自殺，先服安眠藥，再割腕脈，死意甚決。尚幸早被發覺，再度撿回性命。「華運」分子自知理屈詞窮，此事便不了了之。

以死抗爭，好不容易才逃過一劫，又遭病魔纏擾，患上嚴重肺病。在那醫藥奇缺的歲月，沒病也會熬成病，小病會變大病，大病很容易便喪命；何況馮社長年事已高，又連遭重創

（「忘年戀」的女子後來也離開他），身心憔悴，患病不久便離開人世。一代報人，從此溘然長逝！

「華運辦」導演　文革式批鬥

秋後算帳被「算」得最殘酷、最悲慘的，是《人人日報》社長李榮柱。

李榮柱是資深報人，中英法越文造詣俱佳，曾任翻譯、編輯、總編輯等職。因個子細小，加上一張娃娃臉，被稱為「報壇神童」、「報壇才子」。為人隨和，不拘小節，思想開放。正因為思想開放，被人誤認為他左傾、親共；尤其中華民國大使館的新聞官員及國民黨人更是這樣認為。他原為《新論壇報》總編輯，因不甘屈居人下，且與社長馮卓勳積有桃色心結，遂決意另立山頭，開拓新天，自己當家作主，於一九七二年創辦《人人日報》，自任社長兼總編輯。

李榮柱一介書生，又是受薪階層，要創辦一家報社，當然要靠外力要招股，這就給有政治背景的各方面人士有可乘之機。於是，中共地下黨、越共「華運」、越南官方、中國國民黨等，都有人乘虛而入；或圖謀控制這份新報紙，或進行監視。真個是臥虎藏龍，群「英」薈萃。「華運」潛伏分子、華文偉堂書局老闆畢雲照，更成為該報董事長。

《人人日報》要在僑報銷量幾近飽和的狀態中闖出一條生路，委實不易。身為社長兼總編輯的李榮柱，在報紙風格與稿件處理上，除了秉持一貫的開放大膽作風外，還越來越特立獨行。比如在處理中華民國的官方稿件上，就擺出一副「不買帳」的姿態，很少採用《中央社》的稿；每年元旦、青年節、雙十節及華僑節，總統例必發表的〈文告〉，各僑報均無一例外地編排在頭版頭條位置，李榮柱卻打破這「常規」：不但不作為頭條，也不放在頭版；遇上稿擠，甚至不在當天刊出。從新聞價值取向來看，只要這篇《文告》沒有什麼新意，都是「老生常談」、「舊調重彈」，這樣靈活處理，無可厚非；但在當時，和中共一樣將意識形態放在第一位的國民黨，李社長此舉，簡直是「離經叛道」，甚至是「大逆不道」。這樣，李社長頭上的「大紅帽」當然穩戴無疑了！

正因為頂著這「大紅帽」，所以，當西貢岌岌可危的時候，中華民國大使館的新聞專員羅輔聞給各家僑報社長簽發了護照，作為不時之需，撤往臺灣，就是不發給李榮柱社長。當然，縱使有護照，也未必走得了；李榮柱也未必會赴台。但大使館這樣的「另類處理」，說明李榮柱已被列入「紅」名單。

諷刺的是，被大使館貼了標籤的「紅」報人李榮柱，西貢變天後，卻成為第一個被「華運辦」拿來祭旗的「黑」報人！在「批鬥大會」上，直指他是「羅輔聞[3]的走狗！」成為另一個

3 羅輔聞：中國駐越南大使館新聞參事，著有《越南報業簡史》一書。

「方中格版」[4]——「左」「右」不是人！

《人人日報》從董事會到員工，龍蛇混雜，各方人馬都有；加上李榮柱當了社長後，大權在握，利慾權慾日益膨脹（其妻又極為貪婪），報社財政日趨混亂，員工被拖欠薪金，怨氣頗大，連報社高層都與李貌合神離，甚至反目。因而在西貢變天前兩個月，報社由內訌而起訟而暫時停刊。

西貢變天後，潛伏報社內的「華運」分子一朝得勢，當然不會輕饒李榮柱；被拖欠薪金的員工，肯定也不會放過他。這樣，一場有組織、有領導、有預謀的「文革」式的鬥爭李榮柱的活劇，在「華運辦」的幕後精心策劃下，由報社員工出面「當家作主」，於一九七五年六七月，在《人人日報》報社內有聲有色地上演。

首先是要李榮柱清償欠薪，發放遣散費，李拿不出錢來；進行抄家，也「抄」不出多少「贓款」（據傳，李妻早已將錢財及貴重物品匿藏）；無計可施，唯有來個「擄人勒索」，將李氏夫婦禁錮在報社內，迫他們交錢贖身。

在禁錮期間，每日開批鬥大會，迫李氏夫婦在會上向員工下跪，由員工歷數其罪狀。在有計劃的煽動下，群情激憤，由動口至動手，拳腳交加，將李氏夫婦打倒在地；但還是「榨」不出錢來。滑稽的是，後來，打人者竟將被打者送往郡公安局「法辦」，圖以專政手段迫其交出

4 方中格（一九二〇—一九六八），南越華僑報人。曾任《中國日報》、《越華晚報》、《越南時報》、《亞洲日報》總編輯，一九六八年十月七日死於槍擊。

贓款。但李榮柱本人確實沒有錢（他貪來的錢悉數交其妻保管），李妻則「破罐破摔」，要錢不要命，硬撐到底。

最後，公安機關也無奈，此事也就不了了之。

▼

嗚呼報才子　淒涼身後事

李榮柱的「帳」雖不了了之，但他更大的災難還在後頭。

夫婦倆獲釋不久，他的妻子便席捲所有贓款與貴重財物，攜同兩名子女，隨一名北越共軍軍官私奔（據傳，李夫婦在公安局獲釋，「華運辦」不再纏鬥，全賴這名軍官之力），拋下身無分文的李榮柱，讓他徹徹底底的家破人「亡」！

這無異置李榮柱於死地！他孑然一身，成了個無家可歸的流浪漢，整日浪蕩街頭，四處借債度日。但在那最陰暗的日子裡，百業凋敝，民不聊生，人人自危，又有多少人有餘力去濟助他？過不了多久，他連兩餐都無以為繼，有一頓沒一頓的，經常挨饑忍餓，有時向人乞討，有時吃「霸王餐」（飽餐後逃跑），遇上有惻隱之心的不予計較，遇上兇狠者則饗以拳腳。他個子本就瘦小，此時更是形銷骨立，蓬頭垢面，衣衫襤褸，像鬼魅多於似人。

共產黨宣傳中慣用這句老話：「舊社會將人變成鬼；新社會將鬼變成人。」李榮柱卻徹底地顛覆了這句話！

有一天，他遊魂似的來到一個勞動區的橫街，老遠便聞到一陣陣的咖哩香，他飢腸轆轆，快步來到一個小食檔前，深深吸了一口咖哩香氣，走過去又倒回來，徘徊良久，就是不敢在食檔前坐下來。檔主在忙著，沒有留意，等客人較少時，檔主見到了，走出來攔住他：「社長，是您呀！」他嚇了一跳：社長？這時候還有人稱他為社長？他惶恐地打量著站在他面前的年青人，想不起來。那人卻自我介紹：他是《人人日報》的排字工人，「解放」後失業，在此擺個小食檔養家餬口。最難得的是，他竟主動邀李嘗試他的咖哩米線。李一時哽咽，無言以對！

對著香噴噴熱辣辣的咖哩，李很快就狼吞虎嚥了一大碗，檔主再給他一碗，他也很快就吃光，檔主又添上一碗。吃完這第三碗，他已老淚縱橫，抓住檔主雙手說：「我已經很久很久沒這樣飽餐過。你的咖哩是天下第一美味，你是天下第一好人！是你沒有讓我做餓鬼。大恩不言謝。我死了也感激你！」

也許，這就是李榮柱的臨終「遺言」。第二天凌晨，人們發現他已暴斃街頭。至於怎麼死的？自殺？他殺？抑是自然死亡？已經不重要，也沒有人去關注。那年代，死一個人和死一條狗，根本沒有分別；何況死的是一個被貼上「反動」標籤的僑報報人！

文化人何罪　卻要槍下喪

必須指出的是，不論在西貢變天前或變天後，「華運」的恐怖暗殺與秋後算帳，都不僅僅是針對僑報新聞界，而是覆蓋整個僑社的文教界及其他界別。尤其恐怖暗殺，教育界死於非命的，絕對不比新聞界少。略為記述如下（以案件發生的先後為序；僑報被害人前面已有記述，在此只記名字，不複述事件）：

一九六五年，三人被害：

一、簡繡山：逸仙中學創辦人、校長。

簡校長熱心華僑教育，是華僑教育界領軍人物，曾任華僑教育會理事長；簡校長更熱愛中華民國，曾數度率團赴台參加雙十國慶、勞軍及祝壽等活動；與大使館也有積極互動。「華運」視為眼中釘，除之而後快。遇害當天早上，簡校長身染微恙，沒有外出，特工竟登堂入室開槍殺人。

二、潘展雲：逸仙中學教師。

當簡繡山校長在辦公室被槍殺時，潘聞聲自樓上奔下，大呼「校長被殺！」特工即返身將潘射殺。草菅人命，竟至如斯！

三、潘文遠：《越南快報》社長。

一九六七年，三人被害：

一、張擎霄：越美紗廠人事部主任。

二、陳九俊：越美紗廠文書主任。

兩人被殺害的「罪狀」，是他們基於職責所在，妨礙了「華運」在紗廠內發展秘密組織，製造勞資糾紛，煽動工潮的企圖。

三、方　行：知用中學訓導主任。

知用中學曾是華僑左派學生的「大本營」之一。不過，早期的左派學生大都親中（共），後來才出現的親越（共）「華運」分子，當然想奪取學校這個重要「地盤」，殺人「立威」便成了他們「制勝」的最佳選擇，一向被視為眼中釘的訓導主任自然成了他們的目標。方行就是這樣成為「槍靶」的。

一九六八年，六人被害：

一、方中格：《亞洲日報》總編輯。

二、葉競生：文莊學校校長。

三、甘　雨：華僑調劑庫主任。

學校校長、教師或公司人事部門負責人被害，還比較容易「理解」：因為這些人的職責，「妨礙」了「革命」者們在學校、工廠內從事非法政治活動，所以要將這些人的「命」「革」掉；但「華僑調劑庫」主任也被殺，便匪夷所思了：調劑庫是個勞工福利機構，定期向華僑開辦的工廠、商店、學校、社團等徵收勞工津貼，再按明文規定的比例還返給上述單位的僱員；上述單位如發生勞資糾紛，該庫則為仲裁，負責調解。這樣一個機構負責人也要殺，除了說明殺人者無所不殺之外，不知道還有什麼更冠冕堂皇的理由？

四、鍾器楷：越南食品公司人事部主任。

五、祁應林：國民中學教師。

六、容穗緗：國民中學女教師。

祁、容兩人絕對是被冤殺、被枉死！「華運」特工的目標是該校校長容景鐸；行兇時間是中午；地點是學校膳堂（飯堂）。當眾教職員在用膳時，特工衝進膳堂，逕直向容校長慣常坐的位置開槍。但那天容校長不在座，他的座位由祁應林教師補上；罪惡的子彈悉數打在祁身上，祁當場死於容校長的座位上。在特工將祁教師當作容校長殺害的同時，竟然一不做二不休，連坐在祁教師旁邊的容校長的侄女容穗細女教師也一併殺害。兇殘嗜血，令人髮指！

一九七〇年，兩人被害：

一、鄺仲榮：榮光中學校長、堤岸廣肇幫幫長。

鄺校長曾留學法國，所創辦的榮光中學，亦以教授法文為主；但「華運」分子卻指他為美國中央情報局人員而將其槍殺。姑勿論「華運」所放的「風」是真是假，縱使是真，中情局人員就該殺、就要殺？越戰期間的西貢，中情局人員還少麼？你華運特工都敢殺？殺得了？

二、文衍光：安平學校校長、西貢市議員。

文校長為中國國民黨老黨員，畢生從事華僑教育工作，允孚眾望，獲選為西貢市議員。遇害後，西貢市議會特別將一條街道命名為「文衍光街」，以慰亡靈。西貢變天後，很多街道都被易名，但「文衍光街」之名無改。此事足以說明：文衍光之被殺，並不是當時越共西貢市委之命，而是「華運」分子背著主子肆意殺戮！

一九七一年，一人被害：

郭育栽：《成功日報》社長、萬和堂藥房東主。

一九七四年，一人被害：

李菊隱：福德中學教師。

一九七五年，一人被害：

李樹恒：知用中學教師。

兩位李教師，雖然不同時不同地遇害，但「禍」根相同：因為忠於職守，沒法容忍「華運」分子在校園內從事非法的政治活動，因而遭到殺害。但後來傳言，「華運辦」承認，李菊隱教師之死是「誤殺」。「誤」在哪裡？一時傳說紛紜；西貢變天後證實：「華運辦」當時以為李老先生是中國國民黨「反動」分子，事後查證，卻是位「進步」學者，早年便將愛子秘密送回中國大陸。一念之差，便貿然決定一個人的生與死。血淋淋的事實，說明這些「華運」分子是如何藐視人的生命。

特工濫殺戮　幸運神救人

像多位僑報報人得到眷顧一樣，幸運之神也力所能及的眷顧無辜的人。

第一位得到眷顧的，是蘇新標。他原是福建中學訓育主任兼童軍教練，後轉職出任越南紗廠人事部主任。越南紗廠與越美紗廠是當年南越規模最大職工最多的兩家大型企業，亦是越共掀起工潮挑動階級鬥爭最重要的「戰場」。作為資方代表經常與勞方談判的人事部主任，處於風口浪尖，自然成為眾矢之的，成為華運特工的目標。（越美紗廠人事部主任張擎霄亦因此於一九六七年被槍殺。見前面所述。）

一九六五年十一月初某日早上，蘇新標如常出門，準備到附近停車地點，乘搭公司接載員工的公車上班；但剛走到公共樓梯下樓的轉角處，即被特工開槍伏擊。尚幸蘇靈敏矯捷，特工向其頭部連發數槍，均未擊中要害，只擦傷臉頰及頸項。蘇邊跑邊高呼求救，特工亦心怯，不敢追殺，蘇檢回一命。

第二位得到幸運之神眷顧的，是中華民國駐越大使館新聞參事鍾道。

鍾道到任不久，「華運」分子如果硬要將「對越南人民犯下滔天罪行」的罪名套在他頭上，委實荒謬；說到底，他們殺人根本不需要理由。鍾道遇襲那天，正是中華民國大使館被爆炸的同一天，即一九六七年九月二十日。大使館被爆炸後，擾擾攘攘，鍾協助處理，延遲下班。離開使館後，再到交通銀行偕同友人汪先生夫婦同車返回住所。

他們三人同住一條巷內，樓層不同。車泊在巷口後，汪先生夫婦先行下車入巷，鍾稍遲，但剛走到巷口，一年輕女特工即趨前向他開槍，鍾應聲倒地；汪先生聽到槍聲後，臨危不懼，勇不可當，奮身衝向女特工，女特工未及開槍已被汪撲倒在地，奪去手中短槍。附近警察聞聲趕至，女特工束手就擒。守在近處準備接應的特工，慌忙逃逸。倒在血泊中的鍾道受傷不輕，子彈緊挨心臟穿過，稍偏些許則回天乏術。他的大難不死，真可說是幸運之神的眷顧！

至於那名執行「死亡任務」的女特工，叫馮玉英，是華僑工人子弟；年紀輕輕便加入「華運」，被訓練成一名女殺手，也不知雙手沾染了多少無辜華僑的鮮血，在組織內被吹捧為「雙槍小龍女」。由被捕之日起，一直囚禁至西貢變天後才出獄。八年多的牢獄生涯，已把她的青春華彩消磨殆盡。出獄後，「華運辦」安排她在「市華運辦公室」（原中華總商會）做些燒水沖茶打掃的工作，算是最優厚的「酬庸」了。

第三位得到幸運之神眷顧的，是城志中學教師盧純。

盧純出身軍界，官拜少將高級參謀。一九四八年隨國軍黃傑兵團入越，留落異鄉。曾在東埔寨金邊廣肇惠中學及西貢城志中學任教十餘年，又曾兼任越南退伍軍人華裔支會副會長，因而被「華運」列入暗殺黑名單。

事件發生於一九六八年八月某日中午，盧純下課後，照例乘公共汽車回堤岸區住所，下車後尚有一小段路要走，將到住所樓下拐彎處，埋伏在路旁樹蔭下的兩名華運特工，齊齊向盧開槍。盧大腿先中一彈，他馬上撲在行人道上打滾；兩特工繼續開槍，先後共開八槍，盧腹部、肩膀、臉頰側及大腿共中四彈，腹部所中一彈穿過背部，滿身鮮血，當場昏迷。兩特工以為盧已喪命，即躍上早已備好的電單車奪路狂飆。

盧身中四槍（尤其頭部那一槍，如果不是從臉頰擦過而是穿過，可能已奪命），竟能存活，是生命的奇蹟！也是幸運之神戰勝恐怖惡魔、戰勝死神的有力見證！

最幸運的是第四位：國民中學校長容景鐸。

一如前述，特工衝進膳堂要暗殺容校長，朝他慣坐的位置開槍；豈料當天（一九六八年雙十節前夕），他身染微恙，沒到膳堂用午膳，逃過大劫，兩位男女教師祁應林與容穗細則死於非命（見前面所述）。

六六斷腸時　報人添哀思

舉世的恐怖分子，都有種共同的變態心理：追求「傷亡效應」（亦即「恐怖效應」）。越是傷亡慘重，他們越有成就感、滿足感。暗殺報人或其他文教界個別人士，一般人多以為被殺者「罪有應得」，「恐怖效應」不彰，「革命」震懾力不大，為擴大「戰果」，華運特工不但殺報人，還要炸報社。

第一家被特工選作攻擊目標的是《越華報》。不過這次是「演習」，尚未動用炸藥或炸彈，只是用汽油。在清晨路上行人較少時，特工將汽油澆在報社門口旁邊的閱報欄上，縱火焚燒，報社內沒有被波及，人員、設備均無損。

「火攻」《越華報》沒有引起轟動效應，矛頭便指向《建國日報》。這次不再是小打小鬧的門外縱火，而是毀滅性的爆炸！

一九六八年六月六日，中午一時左右，兩名特工攜帶大威力的塑膠炸彈，直衝入報社，放置後隨即引爆逃走。一聲巨響，報社新建的三層樓房轟然塌下。

此時雖是午休時間，營業部等部門員工已下班；但一、二樓仍有眾多食宿均在報社的員工，其中部分人見特工衝進報社，情知不妙，馬上衝出報社逃命；也有部分人，尤其在二樓的，一時走避不及，致十多人輕重傷，兩人當場死亡，一為校對員張基源，一為排字工人劉國權。不知道這麼多傷亡的員工犯了那條「反革命」重罪，竟遭如此「嚴懲」！

一聲巨響，十餘人傷亡。華運特工的幕後指揮很有「頭腦」，選了這個日子：「六月六日斷腸時」！讓不幸者的親友，讓每位僑報員工和社會上善良的人，讓西貢僑報的歷史，永遠記住這個日子，永遠記住這殘忍的罪行！

炸藥手榴彈　向報社進犯

爆炸《建國日報》輕易得逞，且取得「恐怖效應」，華運特工變本加厲，時隔不久，再向《亞洲日報》出手。

也是中午時份（按：西貢朝野各界每天的工作時間，都分上下午兩段，中午約有兩小時的午休，這時段市面較為安靜，特工多在此時出動作案），兩特工乘電單車到報社門口，一人下車，手攬炸藥包衝進報社，放下後即逃走，炸藥包隨後爆炸。

由於有了《建國日報》血淋淋的前車之鑒，《亞洲日報》員工的警覺性與應變速度都有所提高，在炸藥包未爆炸前，現場各人都及時衝出報社。因而報社雖被炸損毀嚴重，員工均倖免於難。

「華運」分子事後放出消息說，為了不傷害員工，執行爆炸任務的特工曾先行勸告眾員工撤離，然後才引爆炸藥。但曾親歷險境、死裡逃生的員工堅稱：絕無此事！不久之後，發生在《成功日報》的爆炸案，也強有力地證明：特工並不會這麼仁慈！

爆炸《亞洲日報》的硝煙消散不久，《成功日報》又遭到一次襲擊（此時，郭育裁社長還未遇害）。也是中午時份，營業部員工已下班，報社大門的鐵閘照例只是稍為拉合，留給其他員工出入。特工便乘此「不設防」之機，拉開鐵閘，將一枚手榴彈擲進營業廳引爆。

營業廳後進是機器房，二樓是排字部，三樓是總經理與社長室，四樓是編採部，都有部分員工在工作或午休；該報的「靈魂人物」郭德培總經理當時亦在場。爆炸聲響後，「校長」（郭曾任崇正學校校長，建樹良多，卸任後人們仍尊稱為校長）即到四樓編輯部詢問情況，當知道營業部被炸，又連忙與眾員工下樓，剛到三樓，即有員工張惶跑上來報告：門口鐵閘上還掛著一枚未爆的手榴彈！

校長愣了一下，隨即吩咐眾員工從三樓窗口進入隔壁永安和中藥房的天臺，由天臺下樓，借道藥房往外疏散，離開報社。他自己則留下。校長臨危不懼，心思縝密，這樣做一是以防後續還有更大的爆炸，先照顧員工的安全；二是當時在場的員工多為排字部的兵役青年，以防事後警方來調查時有所發現。

鐵閘上掛的手榴彈真相很快就揭開：是手榴彈的空殼。特工以此威脅報社，表示還有後續；也阻嚇員工逃離報社，居心叵測！由此亦足以證明，特工在爆炸《亞洲日報》時先讓員工撤離的不可信。

恐怖陰影下　政治夾層中

華運特工對僑報報社一次又一次的恐怖襲擊，匯成強烈的衝擊波，震撼了每家僑報，震撼了每個報社員工，也震撼了整個華僑社會！

在死亡陰影籠罩下的僑報報社，氣氛緊張。在治安當局的同意和協助下，各報社被迫聘請專人，荷槍實彈，廿四小時在報社門口守衛；報社周圍還佈上鐵絲網。內部則裝設警鈴，門衛發覺情況有異，立即按下電鈕，鈴聲一響，各部門員工馬上大疏散，以最快速度，逃離報社。以免報社被爆炸時遭池魚之殃。

那時在僑報工作，簡直就是坐在活火山口，隨時進特工的枉死城，也隨時進政府的寃枉獄！別說是報社的負責人、主筆、編輯、記者、翻譯、校對，就算是排字工人，也免不了這雙重威脅：一字誤植，身陷囹圄；一聲巨響，血濺當場！

僑報，在恐怖陰影下，在政治夾層中，掙扎求存！

僑報，在大大小小的驚濤駭浪衝擊下，沉浮起伏！

蓋棺未定論　歷史誰評說

僑報，絕不是暴利行業，甚至不是發財行業；卻是極具風險的事業！要說辦報的人有政治需要，有政治目的；憑良心說，這並不是他們真正的宗旨，真正的本意。可以說，他們大都是「人在江湖，身不由己」。

筆者在好幾家僑報工作過，接觸過好幾家報社的決策人並有幸得到他們的信任，參加過不少高層決策會議，深深理解他們的無奈心情：沒有誰願意為政治火中取栗；沒有誰願意做政治的犧牲品。他們念茲在茲的，是自己辦的報紙能夠生存、發展、壯大；從而也能為保存並弘揚中華文化與傳統美德作出更積極更有意義的貢獻。

商人（尤其華僑商人）辦報，這心思願望可以理解和接受。但意識形態的尖銳矛盾和極端殘酷，偏偏不容許他們這樣安穩平靜：一方要將他們變作政治工具；另一方以他們做替罪羔羊。雖百般無奈，他們仍願意委曲求存，盡可能遷就、妥協、平衡，就只求保住那份事業——報紙。相信全世界沒有任何一個國家或地區的報人，會像西貢僑報報人承受那麼大的壓力和痛苦，承擔那麼大的風險和「罪責」！

然而，儘管他們能忍願意忍，瘋狂的意識形態，暴烈的民族主義，卻絕不給他們任何的生存空間！當暴力取代了文明，當「革命」橫掃一切，當歷史出現了大逆轉之際，經歷了五十七載滄桑憂患的僑報，也從此被捲進了歷史！萬劫不復！

這是南越「反動」政權幾番更迭都沒有達到的目的，「革命」政權一舉便達到了；而且是一次最徹底的滅絕！

這是時代的悲劇？抑是海外炎黃子孫的悲哀——永遠是任人踐踏任人宰殺的「孤兒」！

這歷史，誰來評說？

西貢僑報的功過，又由誰來論定？

——一九九〇年暮春　五羊城　初稿

——二〇一二年孟春　奧羅蘭　重寫

附錄　老報人的嘆息

——謹以此文紀念「九・一」記者節

無悔無怨　不及手上選票

筆者是越南第二代華僑。又是長期以來效忠於中華民國的西貢僑報的新聞從業員。在發揚中華文化、維護自由民主的艱苦漫長歲月中苦苦掙扎，默默奉獻，雖無功業，也有苦勞。可是，和所有無名小卒一樣，我們從未得到來自中華民國政府的關懷和眷顧。

——吳廷琰政權以高壓手段強迫華僑入籍時，我們和各行各業僑胞奮起抗爭，卻始終是「孤軍苦戰」。

——越共特工濫炸報社，濫殺報人時，我們唯有聽天由命，自求多福。

——北越共軍兵臨城下時，我們被棄如敝屣。

——南越變色後，我們成了代罪更是待宰的羔羊，多少人走上不歸路，多少人身陷囹圄，多少人冤死獄中，多少人亡命天涯；所謂「仁德專案」，三年多後才姍姍來遲，救得了幾個無名小卒？

但我們無悔無怨，打落門牙和血吞，十年後又是一條好漢，浬槃再生後，樂見寶島成為亞洲四小龍之一，成為屹立東方的民主燈塔。

然而，這只是你的一廂情願，今日的中華民國政府，已非吳下阿蒙。不管是陳水扁當權抑是馬英九執政，人家重視的是「台僑」而不是「華僑」。

因為台僑手上有選票，你華僑沒有！

相形相映　華僑不及外僑

因此，在「登臺」探親旅遊方面，可以優惠外僑，卻絕不照顧華僑：據在臺北出版的《自由僑聲》二〇一〇年十月下半月份報導：泰國、越南、菲律賓、印尼、印度等五國的國民，凡持有美國、加拿大、日本、英國、歐盟申根、澳大利亞及紐西蘭等國有效簽證（包括永久居留證）其中之一者，可免簽證入境台灣三十天。不是來自臺灣（即台僑）的華僑，沒有這方面的優惠。換句話說，就算你同樣持有美國、加拿大、日本、英國、歐盟申根、澳大利亞、紐西蘭其中一國的有效簽證或永久居留證，你仍然必須辦理繁複的申請簽證手續；同時，你在台灣最多只能停留十五天，而不是三十天。同樣是「社會主義」國家，來自越南的越僑享有優惠，來自中國大陸的華僑卻被諸多限制。從簽證與免簽證，從停留十五天與停留三十天，在在暴露了為政者歧視、敵視華僑的齷齪心態。「華僑乃革命之母」的國父遺言，竟遭如此踐踏，能不令人擲筆三歎！

欺人欺己　四海如何同心

另一不為人知的對華僑的歧視，則隱藏在雙十百周年慶的活動中。原來，海外華僑參加雙十百周年慶赴台觀光旅遊，全部行程的所有活動都可以「躬逢其盛」；但有兩項活動「恕不接待」：一是十月九日上午，在臺北舉行的「四海同心」活動；二是十月十日上午，由僑委會安排的慶祝國慶大典活動。兩場「重頭戲」，華僑均被「拒之門外」（當局且不諱言只接待台僑）。筆者愚昧，總想不透：不准海外華僑參與的「四海同心」，還妄稱什麼「四海」？還奢言什麼「同心」？豈不是自欺欺人？而由僑委會組辦的慶祝大典，竟將華僑排除在外，這「僑委會」還配冠「僑」字嗎？（請注意：華僑與華人，在法理上有不同的定義，請勿將華人權充華僑。）

筆者生於海外，長於海外，一生與「僑」字結不解緣：就讀僑校，任職僑報，服務僑社，宣揚僑政，維護僑教；逃亡中國大陸時是難僑、歸僑，旅居美國後是華僑。萬萬沒想到，遲暮之年，竟因「僑」字身份，橫遭中華民國政府的歧視與排斥。可哀可歎！可哀可歎！

——二〇一一年仲秋　於美國奧羅蘭

附錄　在黨報的日子裡

扼殺僑報　華運辦當急先鋒

晴天霹靂！誰能預料，臨危受命，寄託了越南南方人民（包括華人華僑）全部希望的越南共和國總統楊文明將軍，上臺僅僅兩天，便於一九七五年四月三十日上午，向打著「越南南方民族解放陣線（簡稱「南解」）」旗號的北越共軍無條件投降。

曾經長時間成為「世界新聞焦點」的越南共和國首都西貢，從此陷入北越共黨之手；不久即被剝奪了原有的名字，被套上一個「神化」了的名稱：「胡志明市」。

當時，筆者正在銷量最大的僑報《新論壇報》及其兄弟報《論壇晚報》當編輯。和西貢各界一樣，對形勢的急轉直下，被「解放」的厄運來得太突然，整個報社一時竟不知道如何應變。同事們議論紛紜，說什麼《論壇晚報》李社長當機立斷，已隻身飛離越南。《新論壇報》的馮社長，在接到李社長最後催他一起逃亡的電話後，仍在猶豫，到最後決心要走，趕到約定地點時，已經太遲。又說，老社長之遲疑不決，主要是捨不得他的「忘年戀」女友——報社中一位年輕女譯員林小姐。

真個是「問世間，情是何物？直教生死相許。」精明練達如馮社長，也勘不破這「情」字，良堪浩歎！也不知該為他的情癡喝彩，還是為他的執著惋惜？

既然大家都不知道如何應變，只好以不變應萬變。

五月一日勞動節是報社例假。上午，筆者與蘇萍、區國強等幾位編採部同事，分乘兩輛電單車到獨立府「打掃戰場」，看看有些什麼「解放」痕跡，也看看那些「攻」進獨立府的「雄」師如何「威武」；順道撿拾些「漏網新聞」作為報紙的獨家消息。中午回到報社，為翌日出報做些準備工作。應該說，我們這班人都很樂天、敬業，不管局勢如何，也不知道有沒有明天，依然緊守崗位。

正在這時，一名不速之客，腰配手槍，逕直闖進編輯部，與在場各人握手、寒暄、拍肩膀，客套過後，跟著臉色一沉，突然「晴轉多雲」，語如冰雹，字字凝冷：「大家注意，我今天到來，有重要宣布：由即日起，所有華文報社，全部封閉！這是『西貢軍事管理委員會』的命令！我是代表『西貢市委華運辦』來執行命令的。由此刻開始，你們可以收拾並帶走所有屬於自己的物品。但是，凡屬於報社的，不論任何人，都絕對不准挪動、借用或帶走；凡借用未還的，必須馬上歸還！我們的同志已經在貼封條。誰膽敢破壞那些封條，軍法追究！」「宣示」完畢，一個轉身，大步走出編輯部，走下樓梯。

「由即日起，所有華文報社，全部封閉！」就這樣，西貢僑報就在這一天——一九七五年五月一日，被越南共產黨宣判死刑，由「西貢市華運辦」執行處決！

從第一家《南圻日報》在一九一八年創刊算起，西貢僑報歷經五十七年風雨蒼黃，雖迭遭劫難，屢受挫折，卻始終生機不絕，綿延不斷，屹立不倒；豈料與中共有「同志加兄弟」之義的越共一來，腳跟尚未站穩，毒手馬上亮招，一舉滅絕，永不超生！

善變記者　當劫收僑報大員

諷刺的是，為越共執行「格殺令」充當「劊子手」之一的那名「不速客」，正是從「解放區」「凱旋」的昔日的僑報記者——錢鋒。

錢鋒原是北越海防市僑報《剛峰日報》編輯部的小雜工。一九五四年南北越分治時，隻身投奔自由，移居西貢。當時才二十歲出頭。曾在《建國日報》當隨習記者，後轉任《每日論壇》（《新論壇報》前身）記者，負責醫院線。他自己另外兼營塑膠小手工業。

六十年代後期，越戰升級，南越政權擴大徵兵，他因兵役年齡不能繼續當記者，便專營塑膠小手工業。這期間，曾兩次被拉兵，但兩次都從訓練營逃脫。

一九七三年，越戰巴黎和平協定簽署後，利用此「休整」期，北越共黨部署大舉南侵。

一九七四年，錢鋒奉越共密令，丟下護士出身的妻子和五名嗷嗷待哺的小兒女，進入「解放區」，直到一九七五年四月三十日，才隨「南解」大軍開進西貢。

誰能逆料，當年曾拒絕共產黨、選擇投奔自由的一名僑報小雜工、小記者，今天竟成了越共西貢市委屬下「華運辦」的一名高級幹部，而且是代表「華運辦」的「接收大員」，一舉「接收」（其實是「劫收」）了十二家孤立無援的僑報（即：新論壇報、論壇晚報、成功日報、新生報（晚報）、遠東日報、亞洲日報、人人日報、建國日報、光華日報、新聞快報、越華報（晚報）及停刊近兩年的新越日報）。

曇花一現　中越兩黨報並存

繁華熱鬧的西貢（按：本文所說的西貢，是指整個西貢區的十一個郡，其中有華僑華人最集中的堤岸區幾個郡），在一九七五年四月三十日之後，一夜之間，變成一座死城！

僑報被扼殺了。僑團被扼殺了。僑校被扼殺了。

這是史無前例的浩劫！一片陰森恐怖之氣沉重地壓著整個社會。人人自危，不知道將面臨什麼樣的厄運，「革命政權」會祭出什麼「緊箍咒」或「追魂令」？

為了安定人心，宣揚「革命」氣勢，西貢變天後的第一份華文報紙《解放日報》，於五月二日從「地下」火急火燎地冒了出來，在原《人人日報》社出版。由於倉卒亮相，首日出版的堂堂黨報，竟連報紙編號都沒有；到第二日出版的報紙，卻編為第三號。充分暴露了主事者對辦報的外行與無知，連最基本的常識都沒有。

無獨有偶。緊跟著，另一份華文報《華聯日報》，也於五月二日在《遠東日報》社原址出版。同樣，此報也不是僑報。它是長期潛伏在西貢華僑社會的中共地下黨人所出版。

在越南南方，中、越共是一對「歡喜寃家」，長期紛爭不已，恩恩怨怨，分分合合；有尖銳的矛盾鬥爭，有剪不斷理還亂的千絲萬縷的關係。

這次，中、越共兩份華文黨報同時亮相，是前所未有、今後也不可能有的「盛事」。不過，如此「盛況」，只是曇花一現，兩天即被越共制止。為表示「公平」，《解放日報》與《華聯日報》雙雙暫時停刊。但這「公平」僅維持了一天，五月五日，《解放日報》便恢復出版，《華聯日報》卻從此無疾而終！

《華聯日報》的夭折，揭示了越共奪取勝利後，馬上翻臉不認人，要將中共一腳踢開；亦標誌著中共地下黨的勢力開始式微，且正被踢出局。

身不由己　薄命憐卿甘作妾

不過，《解放日報》能夠出版，也有先決條件：它不能擁有作為一份報紙最基本的獨立性和自主權。雖說所有共產黨的報紙都不可能有真正的完全的獨立自主，都是黨的喉舌和工具，但《解放日報》連在黨的控制下、很有限度的獨立自主的資格都沒有。它的真正身份是越共西貢市委機關刊物越文《西貢解放報》的華文版。美其名，它屬西貢「華運辦」與越文《西貢解放報》社的雙重領導；實際上，「華運辦」只負責報紙的出版工作，越文《西貢解放報》社才是它的真正主子。

從屬關係決定職能。作為越文《西貢解放報》的華文版，《解放日報》所能做的，只是將越文《西貢解放報》每天所刊載的消息、評論等譯成華文刊出，提供給不諳越文的讀者。如果嚴格按此規定出版的報紙，只怕只能充作廢紙回收，沒有多少人要讀。總算越文《西貢解放報》社還尊重這客觀現實，《解放日報》也因而有了它生存的空間：除了宣傳口徑、言論取向與重大新聞「緊跟」越文《西貢解放報》之外，還可以有自己記者採訪的新聞（主要是華僑華人社會動態），自己報社收錄的電訊（僅限於《中國新聞社》的廣播），以及自己的副刊。

有了這些「寬鬆」條件，《解放日報》還算像份報紙，組建了編輯部、營業部與印刷部。編輯部下設採訪組、翻譯組、校對組、電訊組與資料室。成員方面，由於「華運」分子中曾從事新聞工作的屈指可數，只好求諸「野」，從剛被封閉的僑報中徵用，暫時以「舊報人」為主，「華運」分子為輔，滲雜其中，一邊「偷師」，一邊充當「線眼」，監視「舊報人」的言行。

令人想像不到的是，編輯部人數眾多，從事實際編務工作的編輯卻只有兩人，都是原《新論壇報》的編輯，一位是王傑智兄（廿世紀九十年代初，由臺灣移民加拿大後病逝），另一人是筆者。

西貢僑報人材濟濟，怎會挑選我們兩人？

傑智兄是報壇老將，工作經驗豐富，為人老實敦厚，處事沉著謹慎，編發新聞與標題的遣詞用語都力求平和穩重，是難得的「穩健派」高手。在戰爭剛結束、人心浮動的非常時期，是很合適的編輯人選。

至於選上筆者，大概因為出道較遲，社會關係簡單，思想純樸，又有幹勁和衝勁，可編可寫，任勞任怨。

此外，我們兩人被選中，還有很重要一點，是錢鋒對我們比較瞭解，信得過。他與傑智兄既是新聞界同行，又是塑膠業同行。與筆者的相交相知，則是他兩次被拉兵，筆者都曾雪中送炭。不過，他現在是「貴人善忘」，哪還記得起這些陳年「憾」事；他考慮得最多的，應該是用筆者這個簡簡單單、清清白白的人，可以讓他安心放心，毋需擔政治風險。

「革命」報紙　不在乎信息多少

一九七五年五月二日，《解放日報》在《人人日報》原址倉卒面世；五月四日休刊，五月五日再出版，沒幾天再休刊。給人的印象是，出版、休刊，隨意性很大，不夠嚴謹。「華運」分子對此滿不在乎地表示：政權在手，一枝獨秀，何必憂愁？不過，這次休刊，是比較認真的「重整旗鼓」：既改組編輯部，又從《人人日報》原址遷往《成功日報》原址。

傑智兄與筆者，是在這次編輯部改組中被徵用就位的。在此之前的《解放日報》由何人所編，不得而知。

遷《成功》而捨《人人》，因《成功》「地大物博」，資源豐厚。在十多家僑報中，《成功》報社的地方最大，設備最新最全；擁有高速滾筒彩色印刷機的僅此一家。它所購備的白報紙，《解放日報》一年也用不完。

《成功日報》的家大業大，與創辦人、原總經理郭德培的宵衣旰食、殫精竭慮分不開；可是，如果郭德培泉下有知，見到自己的心血結晶，竟成了「華運」分子丑表功的工具和資源，那種傷痛，相信比整家報社被炸毀還要深還要重！（按：《成功日報》社曾遭「華運」特工投擲手榴彈爆炸，損毀不大。見前文。）

筆者被徵入《解放日報》的第一個任務，是與排字部領班籌劃，如何將僑報一直以來的豎排式改為橫排式；同時，將僑報多年慣用的六號鉛字再改回用舊五號鉛字。由於中國大陸的書報一律以橫排式編排，橫排式華文一時間成了一種「革命時髦」。其實，橫排式只不過是一種技術上的改變，並不等於左傾，更不等於「革命」。《解放日報》之所以非橫排不可，除了趕「革命時髦」外，還要表明它有別於過去的僑報。如果硬要說這也是「革命」，那麼，恢復使用舊五號字體，便該是對歷史的「反動」。以舊五號字為載體的僑報，早已進入了「歷史博物館」。那年代，信息量少，用舊五號字容易填滿版面；現在還採用舊五號字，怎能適應？

筆者為此向錢鋒提出異議：「報紙只得雙開本四個版，再用舊五號字，還能容納多少東西？」

豈料他竟說：「我們就是不要那多資訊。」然後又輕聲地很體己似的補充一句：「我們也沒有那麼多資訊呵！」

筆者當然領會，也開了竅：這就是「革命」的報紙；但願不是報紙的革命：不需要資訊，只要傳達黨的聲音。

否定文革　將毛澤東拉下馬

當時的《解放日報》只有一大張四個版：第一、四版是越南國內與西貢當地新聞；第二版是國際新聞；第三版是副刊（包括每週一期的《解放文藝》）。傑智兄主編一、四版，筆者負責國際新聞與副刊。

「國際」空間本來很遼闊，「新聞」來源理應很豐足，但因黨報太僵硬的意識形態，自絕於國際之外。這資訊不適宜，那消息不能用，把大量的新聞來源堵死，就靠收錄《中國新聞社》的廣播與翻譯越文《西貢解放報》；但越文報這方面的信息量也很少，只好多用《中新社》的消息。可是，《中新社》的國際新聞同樣極為貧乏，每天廣播的不外這幾大類：一是抓革命，二是促生產，三是鬥「蘇修」；再下來就是所謂「第三世界」的「反帝」「反修」與發達國家的「工人運動」。

對越共來說，鬥「蘇修」是禁區，對「文革」不以為然。當時，中共的新聞提法，任何事都以「文化大革命」劃線，如「文化大革命」以前如何如何，「文化大革命」以後怎樣怎樣。

越共對這樣提法很反感。筆者則「奉旨」：凡有這樣提法的，「文化大革命」的字眼一律刪除，改為「一九六六年」。

越共對中共的「偉大領袖毛主席」也沒有好感。中共對毛澤東則奉若神明，凡提到黨中央與毛澤東，必定是「毛主席黨中央」，將毛凌駕於黨中央之上。對此，筆者也獲授「尚方寶劍」，將「毛主席」拉下來，改為「黨中央毛主席」；如果改得不耐煩，索性將「毛主席」「砍掉」也無所謂。

「鬥蘇修」與「抓革命」兩大類被排除後，剩下來的《中新社》消息大都是「促生產」。其實，經過「文革」近十年（當時尚未結束）的浩劫，中國大陸的經濟已瀕臨崩潰，生產建設早就乏善可陳，中共的宣傳機器卻仍在大吹大擂「形勢大好」。越共對此，雖不厚愛，還可接受，可國際版也不可能跟著天天吹「豐收」吹「增產」呵！

現在回想，也不知道當時怎樣「熬」這「無米之炊」？

仗勢濫權　血染風采也黯然

《解放文藝》版也是稿源枯竭。筆者曾在多家僑報當過文藝版主編，不論哪一家，來稿都用之不竭，傷腦筋的倒是來稿太多佳作太多，沒法盡早刊出，以報作、讀者的支持。主編《解放文藝》可沒有這麼幸運，不但來稿稀少，審查的條條框框更多：抒發個人胸臆的、感時傷世的、描寫兒女私情的，統統被認為是「小資產階級情調」，甚至是「低級趣味」，一律「槍斃」。他們要的是「揭露舊政權罪惡」，「揭露舊社會陰暗面」，禮讚「革命」，頌揚「新社會光明面」，充滿戰鬥激情的作品。錢鋒還特別耳提面命：凡反映「解放」後出現「暫時困難」的，不論新聞稿件抑是文藝作品，一定要嚴格把關；尤其「哀愁」「痛苦」「淒涼」「悲慘」之類的灰色詞語，一律不能上報。新社會形勢大好，前途光明，怎能容許這類「無病呻吟」？

他的「指示」，筆者雖不苟同，卻不能不「應酬」；他的「文藝」筆觸與「強權」作風，更令筆者深刻難忘！

南越變天前，筆者有兩位熱血朋友，因不滿現實，加上被意識形態煽惑，滿懷激情，潛入「解放區」參加「革命」，還「光榮」地被編入戰鬥行列，浴血奮戰，屢立戰功，卻在「解放」西貢之前不久，賠上了性命。噩耗傳來，筆者深感哀痛，塗了首悼念詩，編發在《解放文藝》版。對詩的題目推敲很久，最後才擬定了一個自以為很精彩的題目：〈血染的風采〉（無獨有偶，數年後，中國大陸在「對越自衛還擊戰」時，有一首唱遍大江南北的歌曲，歌名也是〈血染的風采〉。當然，這純屬巧合）。但正當筆者為苦思得這個題目沾沾自喜之際，文藝版的大樣落到錢鋒手上，只見他眉頭一皺，信筆一揮，〈血染的風采〉被「揮」掉了；跟著眨眨眼，稍加思索，便寫下〈他們的血染紅了旗〉的標題。筆者極力克制自己，平靜地對他說：「你不覺得這標題太『實』嗎？缺少了些詩意。」

「實？」他不無輕藐地說，「我們就是要『實』。流血犧牲，死了人，還有『風采』？這是小資產階級浪漫情調，不合時宜。我們要的是革命的現實主義，是階級友愛！」

筆者還想爭辯，他卻毫無商量餘地：「沒有時間研究了，就這麼定。不會錯的。」跟著離座，還拋下一句：「老兄原來的標題，就算送到上頭，也絕對通不過；說不準連整首詩都會被抽起呢！」

也難怪，這些「華運」分子，除了拿槍，除了殺殺殺，你還能期許什麼？

又過了一段頗長日子，筆者寫了篇陶瓷工藝廠的專訪特稿，在自擬的標題上，其中有「璀璨」兩字，以讚譽該廠生產的陶瓷工藝品。校閱清樣時，仍是這兩個字，等報紙印出來後一看，「璀璨」竟變了「璀燦」。「璨」字的「玉」被砍碎了，換來了一把「火」——真叫人冒火！筆者忍不住問錢鋒，他說是上頭改的，並補充了一句：「『璀璨』不就是『燦爛』嗎？這個『燦』有什麼不對？」

原來如此，筆者還要對牛彈琴嗎？

報社頭頭　垂簾聽政隱幕後

《解放日報》出版初期，錢鋒是炙手可熱人物，報社裡裡外外、上上下下的事務，都由他說了算；但實際上，他只不過是個在前臺亮相的角色，還有隱在幕後「不露相」的「真人」在操控。這些人可能因長期從事地下活動，隱蔽成性，一旦「曝光」，適應不了；因而總是藏頭露尾，若隱若現，十分詭秘。我們這些外人，當然不便打聽。

與共產黨人打交道，有這麼一條基本「戒條」：他們讓你知多少算多少；不讓你知的不要問，問了也白問，他們不會也不敢告訴你，甚至對你諸多懷疑。這「戒條」在黨內更嚴厲。他們內部的任何一份文件或刊物，都標明傳達到某一級或只許某一級的黨員閱讀；未到規定級別的，即使你賣過多少次命，險死過多少回，也休想「知」。由此可以引伸，想共產黨增加透明度，讓老百姓享有知情權，那無異於與虎謀皮！

《解放日報》社那些「垂簾聽政」的頭頭，其實就是越共西貢市委屬下「華運辦」的頭頭。他們不敢「曝光」，除了一時適應不了之外，最主要原因是作孽太多，心虛膽怯，怕被報復。過去人家在明，他們在暗，人家防不勝防；現在易地而處，人家在暗，他們在明，想起自己滿手鮮血，能不膽戰心驚？職是之故，被指派到《解放日報》社的「華運」分子，除了無名小卒，稍有職級的，都配備手槍，以防遇襲。那些頭頭，更不敢堂堂正正的以真面目示人，連到報社辦公都不敢，怕的就是人家以其人之道還治其人之身。可哀！可憐？

威脅恐嚇　舊報人都是罪人

帶槍到編輯部上班的，除了錢鋒，其中一人是許松坡。西貢變天前，他是某僑校的教師，又擔任過廣肇公立醫院總務。他能言善道，更擅於看風駛舵。西貢變天後，馬上露出真面目，原來是潛伏在僑社文教界的「華運」分子。他一槍在腰，唯恐人不知，經常「露械」，招搖過市，昂昂然如高幹。在報社是什麼角色不得而知，業務上既不是翻譯，又不是記者，更不是編輯；但樣樣都插手，指手劃腳，說三道四，卻什麼問題都不能拍板，拖到最後還是由錢鋒決定。因此，他對錢鋒又妬又恨，卻總被錢鋒壓住，翻不了身。平心而論，論知識面，論文化水準，他都勝錢鋒一籌，唯一比不過錢鋒的，是錢鋒進入過「解放區」，鍍過金，他沒有。

筆者與一班「舊報人」被徵聘到《解放日報》沒多久，便奉命上「政治課」，給我們「說教」的便是許某。他和我們這班「舊報人」本來有些交情，特別是他在廣肇醫院總務任內，經常都有事「拜託」。雖然，時移勢易，許某已非吳下阿蒙，但也不必如此囂張：一上場，他便沉著臉，由為什麼要給我們辦政治學習班說起，然後話鋒一轉：「大家必須認識到，很清楚地認識到，你們這些舊報人，人人都有罪，都是革命的罪人！你們不妨自我檢討一下，有誰不曾為美、蔣、偽做過罪惡的反動宣傳？有誰不曾直接或間接地攻擊過我們光榮的黨和我們偉大的革命事業？」頓了一下，他大概以為大家熱烈鼓掌，豈料一片寂靜。掃視了全場一眼，臉色更陰沉，但語氣放緩了：「不過，我們的黨，是偉大的，又是寬大的，既往可以不究，但來者可追。你們今後，必須好好學習，好好反省，徹底改造自己，將功贖罪，偉大的黨和偉大的人民，還是歡迎你們的。相信你們大多數人都能夠做得到；否則，你們今天也不可能坐在這裡，舒舒服服。記得，千萬要記得，與革命為敵，與人民為敵，是絕對沒有好下場的！」

殺氣騰騰！是赤裸裸的威脅、恐嚇！許某雖喜歡賣弄口才，經常即興發揮，但這樣對「舊報人」帶政策性的定性，若非奉「華運辦」的指示，他大概還不敢如此張狂。不過，如此這般的「政治課」，僅此一次，下不為例，沒有再上了。

而這位紅彤彤的「新報人」許松坡「同志」，為他「偉大的黨」效忠沒多久，於八十年代中期，便不惜叛黨叛國，隨難民潮投奔到澳大利亞去了。不知道他是否還記得恫嚇僑報「舊報人」那番「紅」言「髒」語？

獨而不秀　要向孔方兄求救

《解放日報》編輯，雖然僅得傑智兄與筆者兩人，但因用的是舊五號字體，加上大字標題，儘管不刊登廣告，是不折不扣的整整四個版，工作量卻不很大，以我們兩人的能力去應付，綽綽有餘；但並不輕鬆，不能像過去在僑報那樣，稿件發足發夠便可下班，而是硬性規定的全日制，起碼八小時，工作未完或會議未散的，要無償加班加點。對我們這些慣於「自由」的「舊報人」來說，這種「坐班制」非常難耐，也非常無奈！

有一次卻例外，不是「坐」足八小時，而是忙足八小時。那次是傑智兄「足下」違和，「行不得也哥哥」，筆者只好「獨」挑大樑：一人包辦整張報紙四個版。這本來也沒有什麼大不了，苦的是，錢鋒安排兩名「華運」「同志」來「助編」（其實是學編）。這回真是幫倒忙，越幫越忙。他們是百分百的外行，一竅不通，問個不停；又不懂裝懂，意見多多；在弄得亂七八糟之後，拍拍屁股走了，筆者還要幫他們善後。不勝其煩，不勝其擾。筆者忍無可忍，當天便向錢鋒抗議：「如果他們再來『幫忙』，我寧可回家吃『餘糧』！」

這一抗議，錢鋒被唬住了，任由筆者自己一人唱「獨角戲」，一連「唱」了八天。讓「華運」分子開了眼界：約一年後，他們收回編輯權，不讓外人插手編務，改由他們「自己人」當編輯（開始時，少不了要傑智兄與筆者「傳、幫、帶」）。每一版配兩人，四個版八名編輯。與我們兩人是二比八，與筆者的「獨立作戰」是一比八。嗚呼，所謂「特種材料」，不外如是！

當時的《解放日報》，在越南南方雖是僅此一家，「一枝」卻不「獨秀」。公開發行後不到半年，銷量已日漸萎縮。儘管「華運」分子還在裝腔作勢唱高調，說什麼黨報不在乎賺錢。但如果他們由共產黨變為「伸手黨」，甚至淪為「丐幫」，不但臉上無光，主子也未必買帳。因此，表面上裝得不在乎，私底下則十分焦慮。錢鋒作老友狀向筆者提出這問題，並坦言，由於意識形態的局限，三個正版已難望有何突破，唯一可寄望的是在副刊版上「落墨」做文章。

早在錢鋒如此「坦言」之前，他已要求過筆者，替他們聯繫了一位在香港的報界朋友，有償性的長期為報社提供香港報紙的資料。但也因限於意識形態，香港「反動」報紙的資料當然排除，唯有在「左」報上取材；但當時的香港「左」報，所刊載的大都是中國大陸「兩報一刊」（即《人民日報》、《解放軍報》與《紅旗》雜誌）上極「左」的東西，可用率幾乎等於零。

錢鋒作「老友」狀提出的問題，筆者當然不會天真到以為是知己的「悄悄話」，我完全領會他的弦外之音：一種居高臨下的暗示，一種不著痕跡的施壓。不過，身為副刊主編，這也是責無旁貸的份內事。問題是，在那個一切文化藝術都被「革」了「命」的年代，要把這份黨報的副刊辦得出色，且成為維繫讀者的主要「賣點」，真是談何容易？當時，筆者也懶得考慮太多，準備用最簡單省事的辦法，就是刊登精彩的連載。事實是，唯有精彩的連載，才有可能長期維繫讀者的興趣。但哪裡去找一部既能吸引讀者、又不抵觸越共意識形態的大部頭作品？

那班滿腦子黨教條黨文化的「華運」分子，就算當年最受歡迎的金庸和梁羽生的新派武俠小說肯給他們的報紙獨家連載，他們也未必「識貨」，也未必敢採用。他們就曾「欽點」過一部中國大陸「文革」時最當紅作家浩然著的《金光大道》在副刊版連載，認為該書所描寫的大陸農村集體化道路，可給南越農村借鑒（簡直是癡人說夢，南越農村的人怎麼會讀你這份華文報），也可給華僑華人讀者指引方向（所謂「指引方向」，就是煽惑西貢的華僑華人，放棄本業，前往開發荒無人煙的「新經濟區」）。可是，這些「文革」貨式，連中國大陸都沒有市場，更遑論在南越西貢？由此也可見他們的「紅眼睛」如何昏矇！

力挽狂瀾　全賴蔣介石出山

在一個偶然機會，筆者終於給他們找到了一帖「救危」良方。

有一天，筆者到文莊學校（原海南幫立三民中學）接孩子放學，重逢了小學時一位林姓老師。他原是中共地下黨員。越戰期間，中共以「抗美援越」、發揚「國際主義」精神的名義，將一大批地下黨員撥交給越共，迫使他們為越共效命。林老師便是這樣心不甘情不願、身不由己地轉為越共黨員。更不幸的是，他曾經被拘捕，囚禁在令人驚慄的昆侖島五六年，變天後才重見天日。他為人剛正不阿，直言無忌，因而不容於「華運辦」的新貴，把他「下放」到學校去當校長。

我們師生隔別了二十多年，他對筆者已完全沒有印象；但筆者說出當年遭法殖民當局封閉的學校以及他教過的紅色歌曲，他似乎重拾回當年的銳氣與激情，開懷大笑。我們一見如故，無所不談。他爽朗豁達的胸懷，以誠待人的態度，與報社裡那班不是畏首畏尾就是官腔官氣的「華運」分子，形成了強烈的反差。當他知道筆者正在尋覓一部能夠吸引讀者的長篇連載後，馬上推薦香港名作家唐人著的《金陵春夢》，並慷慨地答應願意無條件送出他的珍藏本。真是快人快語快意快事！

《金陵春夢》是香港已故左派名作家嚴慶澍一部野史加戲說的長篇演義小說。嚴是香港左派報紙《新晚報》的編輯。「唐人」是他發表《金陵春夢》用的筆名。尚有其他如阮朗、顏開等四十多個筆名，發表作品多達八十多部。《金陵春夢》由於書中角色全都是「真有其人」，很多讀者便以為書中情節也「真有其事」，甚至當作是政壇秘辛及政治人物隱私的大曝光，因此曾一度「洛陽紙貴」。西貢變天前，中華民國大使在此，該書當然無法上市；變天後推出，雖有「明日黃花」之嫌，但因屬首次亮相，仍不失其新鮮感。至於內容的真真假假，讀者也無暇深究；但人的好奇與窺秘心理，卻能得到很大的滿足。另有一點最重要的，是此書雖有強烈的政治色彩，但完全沒有觸及中、越共意識形態分歧的敏感神經。

筆者將這點向錢鋒說明，但他作不了主，要把全書四大本呈給「垂簾聽政」的頭頭審閱。筆者馬上考慮到，會不會有人眼見心謀，連載不成，將書據為己有？為此，筆者即向錢鋒鄭重聲明：如果決定連載，此書無條件送出；如果不能連載，務必「原璧歸趙」。

審閱了兩個多月才決定連載。果然，立竿見影，「藥」到「病」除：該書雖低調推出（凡來自中國或香港的東西，他們都低調處理，儘量將效應降低），卻反應熱烈，不但止住了報紙的跌勢，還顯著回升。後來，他們暗中調查發現：許多人買《解放日報》，是為了追《金陵春夢》。

連載了一個時期後，接納了筆者的提議，報社出版單行本，也很暢銷；有利可圖，後來便一邊連載，一邊陸續出書，報社增加了大筆進帳。

《金陵春夢》連載完結後，筆者又從林老師那裡找來一部《紅岩》（描寫中共地下黨在重慶與國民黨特務鬥爭的真實故事），繼《金陵春夢》後在副刊版連載，也頗受讀者青睞。食髓知味，這次不用筆者提議，他們也出版單行本，大「撈」一筆。

醜化老蔣　挖空心思也徒然

《金陵春夢》連載期間，還發生了一段不為人知的小插曲。

最初刊出時，版頭「金陵春夢」四個笨拙怪異的美術字是筆者的手筆。後來連載反應熱烈，錢鋒與他「垂簾聽政」的「老頂」們便要另行繪製一個配圖的版頭。任務落到原《人人日報》一位叫若愚的美工身上。版頭的設計是「金陵春夢」四字配一個蔣介石的頭像。而該頭像卻取材自國府官方公佈的蔣介石近年的標準照片，神采奕奕，威嚴而祥和，與《金陵春夢》刻意醜化蔣介石的內容大相徑庭。

刊出前，筆者已有所覺，但考慮到問題可大可小，萬一有人以此在政治上上綱上線，大做文章，版頭原創人若愚美工便會有大麻煩，甚至蒙受不白之寃：說他護蔣、擁蔣、為蔣緩頰、為蔣翻案，什麼樣的說法都有可能。這隱藏在版頭內的問題，若由筆者首先揭破，豈非成了加害該位美工的罪魁禍首？何況，此版頭的製作，由始至終都是錢鋒直接與美工聯繫，從未徵詢過編者的意見，也未知會過一聲；甚至版頭製出來後，也是錢鋒直接交給排字部使用。他既然不尊重編者，視編者如無物，那編者也樂得清閒，冷眼旁觀，由他責任自負好了。何必枉費心機，枉作小人？

果然，新版頭見報不久，便有「有心人」向錢鋒點出問題。他嚇了一跳，馬上要美工重繪一個醜化蔣介石的頭像。這位其名若愚的美工老兄果真是名符其實，不愧為「大智若愚」！他巧妙地回答錢鋒，他只是個畫匠，依樣畫葫蘆還可以，憑空虛構可沒這個本事；要將蔣的形象醜化，就要有個醜化了的樣板。可是，這樣的樣板他沒有，錢鋒也拿不出，醜化蔣的頭像便畫不出來。這時，錢鋒才想到筆者，筆者不忘給他一個軟釘子：「這樣的樣板，中國大陸多的是，本人可沒有。」

最後，還是錢鋒腦筋轉得快，在端端正正的蔣的頭像上打個大交叉，作為對蔣的否定和貶損了事。這「金陵春夢小插曲」，就這樣尷尷尬尬地打上了休止符。

《金陵春夢》的連載，讓《解放日報》的銷路走出低谷，並持續向上攀升。這是現實對意識形態狂熱者的嘲諷：堂堂共產黨黨報竟要靠一部在資本主義社會出版、過時的、戲說的、演義式的作品來刺激銷量，挽回頹勢，不正好反襯出黨八股黨文化的失敗，遭廣大讀者群眾的唾棄！但共產黨永遠不會接受這現實，承認黨文化的失敗。

今天回首當年，不論是《金陵春夢》或是《紅岩》及其他作品的轉載，都是侵犯「知識產權」；出版單行本，更是雙重侵權。如果是民間刊物，那還情有可原；作為堂堂黨報，如此肆意妄為，實在法無可恕！但在那個「關起門稱皇稱霸」的地方，別說當年無奈他何，就算今天，又能怎樣？

矯情作狀　無人入住豪華房

在平穩中度過數月，報社又遷新址——正確的說是添了新址：越共西貢市委將位於孔子大道（後易名為海上懶翁街）一座「劫收」得來的大廈撥給報社。

該大廈原是僑領吳立豐的物業。樓高六層，佔地很大，落成不久。有天臺花園、泳池，設備超現代化，裝修富麗堂皇。

報社遷入後，將一樓前半部改裝為營業部，後半部作印刷車間；二樓為排字部；三樓編輯部；四樓總編輯室及會客室；五、六樓原為主人家的起居間，舒適豪華。但被空置，沒有人入住。原因據說是：有人（當然是指夠份量的頭頭）自鳴清高，曾明確表示，藐視這種資產階級的豪闊氣派，不屑如此奢靡享受；有人則擔心會被這種資產階級的超前享受所污染和腐蝕，敬而遠之。其實，全都是矯情作狀！人人嗤之以鼻，但人人都垂涎欲滴，躍躍欲試，卻又誰都不敢宣之於口，怕背上貪圖享受的惡名，予人攻訐的口實。

報社遷新址辦公後，一直隱在後面「垂簾聽政」的頭頭終於開始現身了。

最先露面的是副總編輯。有一天，錢鋒對傑智兄與筆者說，介紹我們認識一個人，然後將我們領到四樓總編輯室。偌大一層樓房只擺著兩張大辦公桌，向著樓梯，斜斜相對；隔不遠，四張大型沙發圍著中間一張玻璃茶几。錢鋒領著我們逕直走向其中一張辦公桌前，那裡坐著一名中年男子，正埋頭在看稿件，錢鋒用越語叫了一聲「六哥」，他抬起頭，看了我們一眼，站起來與我們握了握手。握手時錢鋒用粵語報了我們的姓名，跟著介紹說：「這是蘇先生，是報社的領導同志。」但沒說什麼職稱（後來才聽說是副總編輯）。相互間很拘謹地說了些「合作愉快」和「多多指教」的客套話後，約五分鐘，「晉見」「禮成」。

能夠「晉見」副總編，對我們兩人是很特殊的「禮遇」，那些與我們一起被徵聘的記者、翻譯與校對等，還沒有這份「榮寵」呢！

後來，頭頭的神秘面紗又陸陸續續揭開：「蘇先生」並不姓蘇而姓梁，大名敦洋（越文名六金）。原是越南南方華僑青年，一九五四年南北分治時「集結」到北方，曾被選派到中國大陸學醫，後重返北越，出任河內唯一的官方華文報紙《新越華報》副總編輯（該報於一九七六年九月二日，以「已完成歷史任務」而永遠停刊）。南越變天前幾個月，他又奉命潛返西貢，歸西貢「華運辦」旗下，從事地下活動。

蘇（姑且當其姓蘇）副總編輯外表冷峻，不苟言笑；雙目炯炯，精明幹練。初認識的人，覺得他冷酷無情；熟悉的則說他外冷內熱。筆者與他雖共事一報，同屬一部，但他獨處四樓，甚少到三樓編輯部走動，偶爾現身，也只是對他們的「自己人」耳提面命，對傑智兄與筆者，始終保持距離，維持隔閡。因而對其為人，直至筆者離開報社，還不甚瞭解。意外的是，一九九五年筆者首次返西貢探親時，卻與他有一席難忘的「訴衷情」。容後再敘。

頤指氣使　總編如黑道頭子

副總編輯雖已亮相，社長與總編輯仍是「千呼萬喚不出來」，隱在幕後「遙控」。社長是掛名的，不現身並不奇怪；總編輯職責所在，卻寧可「垂簾聽政」也不「臨朝」議事，則耐人尋味。原來這個所謂總編輯，並不做具體工作，只負責政治審查：每天，報紙編排校訂完妥，等待付印之前，由專人（當時主要是錢鋒）將各個版的清樣，送到「華運辦」辦事處供他審閱，得到他的全部認可並簽署後，才可以印刷發行。

一張黨報，由一名有相應級別的人掛個總編輯銜頭，只管政治審查而不管業務甚至不懂業務，乃凡事都「政治掛帥」的共產黨常見的事；不過，《解放日報》這名總編輯的審閱方式頗為特別，讓曾當過總編輯也見過不少總編輯的傑智兄與筆者眼界大開，歎為觀止！

有一次，為慶祝某大節日（什麼大節日已記不起），報社增出特刊。大節前夕，一切已準備就緒，各個版已打出清樣，由錢鋒帶往給總編輯審閱。傑智兄與筆者正準備下班，錢鋒突來電話，要我們留下，並通知排字部留人待命，因為有一個專刊版要撤換，要臨時組編一個新版替補。至於組什麼稿，無可「奉告」，等錢鋒回報社傳達總編輯的指示。——夠神秘夠詭異吧！

傑智兄與筆者相視苦笑。這時已是晚上九點多，為了趕編幾個專刊版，我們已大大地超時工作，晚飯還沒下肚，腸胃正在「鬧革命」哩！

好不容易等到錢鋒回來。其實也沒有什麼大不了，被撤銷的那個專版也沒有什麼不妥，只因臨時要換上一個介紹中國大陸「大好形勢」的專版而已。而這個中國專版，在開始籌劃整個特刊時本已預算在內，後來奉命剔除了，現在又奉命補上。見微知著，這一撤一補，反映了中、越共關係時陰時晴的微妙變化。

由於早已有現成資料，傑智兄與筆者很快就把專版編好，但排字部與校對組要排拼、校訂好一個專版，可得費不少時間。大總編可能在「華運辦」等得不耐煩了，不惜紆尊降貴，「御駕親征」，由專用司機開著那部「劫收」來的豪華座駕，「躬臨」報社「督師」。

這可是他破天荒第一遭現身報社呵！值得大書特書。

只見他提著個大大的公事包，足登一雙最時髦的胡志明式的「抗戰鞋」。一踏進編輯部便用越語叫嚷：「怎麼搞的，這麼長時間還搞不出一個專版來，怎麼幹革命呀？」一聽便知是個不識民間疾苦之徒！

錢鋒、許松坡等幾名「華運」分子如見「聖駕」，誠惶誠恐地迎上去，亦步亦趨地跟在他身後，也用越語陪著小心說：「三哥請稍等一等，清樣很快就出來。」跟著，錢鋒三步併作兩步，衝下二樓排字部去催清樣。大總編輯揀了個離傑智兄與筆者較遠的位置坐下來，一副目空一切的樣子，連陪坐在身旁的蘇副總編也愛理不理。

大總編對傑智兄與筆者這兩名「舊」編輯雖不屑一顧，筆者卻冷眼旁觀，把他打量得一清二楚：肥頭耷耳，滿臉紅光，頭髮油亮；約四十出頭。上身一件短袖白襯衫，配一條墨綠色西褲；襯衫罩在西褲外。是當時越共幹部的「招牌裝」打扮。

他，就是一直隱在「華運辦」辦事處（中華總商會原址）「遙控」《解放日報》的總編輯林思光，越文名三全。是「西貢華運辦」的第二號人物（頭號老大是越共胡志明市委員會委員，即《解放日報》社長蟻團）。見到他，筆者不由得想起西貢變天前僑社所發生的一連串暗殺、爆炸的恐怖事件。真想看看他的雙手，還殘留多少洗不掉的血漬！

沒多久，錢鋒便畢恭畢敬地把報紙清樣送到他面前，他不耐煩地掃了一眼，看了幾則大標題，把清樣遞給錢鋒，指指上面的稿件，用越語說（「華運」分子彼此交談，幾乎全部用越語）：「讀這些聽聽。」他隨即攤在椅背上，閉目養神。錢鋒捧著報紙清樣，用普通話一字一句的唸起來。

突然見到這麼新鮮、奇特的審閱方式，傑智兄與筆者都錯愕了一下，相視微微一笑。筆者想，如果他一向都是這樣審閱，錢鋒苦矣！據所知，林某原是南越蓄臻、薄寮等地僑校的小學教師，絕非不懂華文，為什麼自己不閱而要下屬唸？除了說明他擺臭架子之外，似乎沒有更合理的解釋。

這種場合，「外人」已不宜在場（當時，在編輯部候命的都是「華運」的「同志」，只有傑智兄與筆者是外人）。審閱未完，我們兩人便「識趣」地走了。但這幕審閱活劇，一直在筆者腦海裡浮現，有種似曾相識之感。還未走出報社大門，終於想起來：在港產電影裡，那些飛揚跋扈、殺人不眨眼的黑道頭子，在聽手下黨羽彙報情況時，不就是這副嘴臉、這樣情景？沒想到這黨報總編輯竟演得如此活靈活現，令人「紅」「黑」莫辨！

這次在報社「曝光」後，林某很少再來報社。從被徵聘入該報之日起到辭職離開，三年多來，筆者從未與林某點過頭說過話。由此亦可見這些「華運」頭頭有多「親民」和「接近群眾」。一九九五年，筆者返貢探親時，林某已離開報社，總編輯的職位由蘇副總編真除。聽說，林某已成為胡志明市紅極一時的「頂戴巨賈」，「撈」得「風生水起」，盆滿鉢滿。又聽說他財大體衰，患了嚴重的腎衰竭，長期靠洗腎苟延殘命。

好一條「變色龍」！好一番「天道好還」！

調任記者　筆名被偷偷除掉

報社遷入孔子大道吳立豐大廈新址後不久，剛安定下來，編輯部又進行了一次大調整：從社會上公開招聘了一批青年男女，經短期政治「洗腦」、培訓後，便上崗充任隨習記者；編輯方面，傑智兄與筆者都不是他們的「自己人」，雙雙「靠邊站」，兩個編輯職務，由八名「華運」分子接替（一如前述）。但「新手上路」，少不了要我們兩個「舊人」傳、幫、帶一個時期。

完成了這「光榮」任務，傑智兄因年齡較大，性格內向，不諳越語，仍留在編輯部，做些修修補補的文字工作。筆者較年輕，好動，略懂越文、越語，調任外勤記者，並帶領一個小組，專責採訪工廠企業、工會與工人的生產和生活。是個重點組。

從編輯轉為記者，是一個新課題，更是一種新挑戰；有一定的難度，也有「屈就」的難受；但為了生活，只好逆來順受。其實，那時傑智兄與筆者的薪酬，與越共一般公職人員一樣，已降至僅能供自己個人餬口，要像變天前那樣養妻活兒已不可能。

報社一開始要徵聘筆者時，錢鋒也沒問原來領多少薪水，便很豪氣地許諾：「新論壇報給你多少我們便給多少！革命政權嘛，怎會降低人民的生活水準？」一個多月後，準備要發放薪水前，當他問清楚傑智兄與筆者的具體數目時，嚇得目瞪口呆，有點不相信，楞了片刻才說：「我們的市委委員、市華運最高領導人的工資還不及你們呵！」筆者提醒他，翻一翻《新論壇報》的帳簿，便有答案啦！過了數天，大概已核對過檔案資料，無話可說，只好信守承諾。不過，這高薪只支付了兩個月，便以不能太特殊為由，一降再降。

跑外勤也有跑外勤的好處：擴大了接觸面，開闊了視野，對社會有更深入的認識和瞭解；尤其對勞苦大眾的疾苦有更深刻的體會。因此，面對這新課題、新挑戰，筆者交出的成績還是最凸出最亮麗的；筆者所採寫的特稿，無論數量或質量，在報社中始終首屈一指。凡有大慶典大節日，報紙增刊，分給筆者的任務，例必是一人包一個全版，圖文兼備，自撰自編。

然而，筆者忽略了一點，在那個爾虞我詐、充滿不信任的環境裡，不應該顯露鋒芒，否則，必會招致一些人的疑忌與嫉妒。錢鋒不知是出於機心還是奉命，在筆者的稿件見報率處於高峰時，他連招呼也不打，就擅自將筆者在稿件上的署名刪除。連續好幾次，筆者在校訂自己稿件的初樣時，在題目旁邊還看到自己的筆名，稍後再校閱大樣，筆名卻被刪除了。排字部的領班是筆者的好友，他悄悄告知：是錢鋒圈掉的。筆者很氣憤，但一時間又找不到他理論，於是乎，你既不講道理，我也不按規矩，不過，筆者還是讓一步，不將筆名放在題目旁，而補放在文稿的末端。

這樣的你刪我補，經多次「較量」後，錢鋒自知理虧，卻不甘心，仍想以「大道理」壓筆者，說什麼革命報紙，不宜太凸出個人；打算所有稿件都不再署名，希望筆者起個帶頭作用。他又援引北京《人民日報》為例，說該報記者的所有稿件都沒有署名。

這分明是砌詞狡辯！筆者忍無可忍，當面直斥其非：「署名與否，本來並不重要，但必須一視同仁。為什麼別人可以署名，我卻要除名？還有，如果報社要廢除署名，大可以在工作小組會上通報一下，問題不就解決了？其實，署名也不等於就是凸出個人，那是一種負責的態度，既對報社負責，亦對讀者對社會負責。至於說，《人民日報》也不署名，那是『文革』初期的事，現在已不這麼『革命』啦！」

經過這次「交鋒」，錢鋒也不再偷偷將筆者「除名」了。署名小風波就此平息，但更大的、幾乎令筆者「沒頂」的風波還在後頭。

工人心聲 一鳴驚爆滿堂彩

一九七六年十月，越共中央決定召開第四次全國黨代表大會（也是南越變天後的第一次黨大會）。為了粉飾盛世昇平，喬扮民主開明，偽裝言論自由，以安撫頹喪的民心，重振「革命」氣勢，在黨大會召開前，先來個輿論造勢：號召全國各地各階層人民向黨提意見、提批評；向黨反映真實情況，幫助改進黨風，提高工作效率；同時強調：不論正面或負面的意見，黨都一律歡迎，且保證「言者無罪」。現在回想，當年越共的做法與腔調，與一九五七年中共的「整風運動」十分相似。可惜當時筆者孤陋寡聞，不知道毛澤東藉「整風運動」提出的所謂「大鳴大放」，是欺騙、誘導知識分子向共產黨說出真心實話、提出客觀批評，然後一網打盡，誣陷為「右派分子」，橫加迫害的大陰謀。

《解放日報》社接到黨的「聖旨」後，當然是第一時間傾盡全力配合，以博取主子的歡心。但要造這樣的「勢」，不是單靠一貫的歌功頌德能成事。主子要的是來自群眾的真實的聲音，因為只有聽到這些聲音，才懂得怎樣更巧妙地調整應對的策略，進行更狡詐的欺騙，謀取更多更大的利益。而要完成這樣瞭解民情的任務，很大程度上要依靠在第一線與群眾接觸的記者。

於是，報社的所有記者，不論哪條線哪個面，都得接受一個壓倒一切的任務：深入社會各階層，瞭解人民群眾對黨的批評、建議和心思願望，真實地反映到報紙上，作為對黨大會的獻禮。

筆者當時很天真，以為越共真的關懷民間疾苦，重視民心向背。得到指示後，即馬不停蹄地到處訪民情，聽民意，探民隱。

可是，經過一年多的極權統治，人們對「革命」政權已經非常失望，對共幹也甚為厭惡，對我們這些黨報記者，也充滿疑慮與戒懼，卻又不好開罪，是一種「敬鬼神而遠之」的心態。懷著這種心態，誰也不會說真話，尤其觸及對黨的看法這樣敏感的話題，更是防範森嚴，不是「滴水不漏」，就是違心地大唱讚歌，或語帶嘲諷地說些反話，消遣消遣你，讓你哭笑不得。

幸虧筆者專責「工」字線，認識的工人眾多，平日與他們混得比較熟，又肯做他們的「聽眾」，讓他們消消怨氣；有時也為他們向廠方疏疏通，為他們辦些實事，取得他們的信任，相信筆者是純粹的記者，而不是披著記者外衣的「鬼頭」（特務的線人）或特務。有了這份信任，採訪便順利得多。

那個「壓倒一切」的採訪任務壓下來後，沒有多少天，筆者便第一個交出了一篇一萬二千五百字的特稿：〈迎接黨大會．工人說心聲〉（以下簡稱〈說心聲〉）。速度之快，質量之高（以當時報社內的水準而言），連一向喜歡在雞蛋裡挑骨頭的錢鋒和極少稱讚人的蘇副總編，也當著眾記者面前大加讚賞！

見報當天下午，編採人員開了個擴大座談會，蘇副總編破例到場，說了幾句表揚〈說心聲〉的激勵話，同時透露：讀者反應良好。跟著由錢鋒代表編委會對〈說心聲〉做了充分的肯定，並提升為「示範」之作；同時要求所有記者學習筆者這種迅速及時的工作幹勁與作風，掌握這種深入群眾、用群眾語言反映群眾心思願望的生動活潑的採寫方法；最後還將筆者捧為「精編善寫」的「多面手」。

風頭之勁，一時無兩。筆者也有一瞬間的暈眩，一陣子的飄然；但畢竟已是「老江湖」了，也清醒地意識到：被捧得越高，今後的任務越重；卻怎麼也沒料到：被捧得越高，也被摔得越重！

真話難宣　迂迴委婉費心思

〈迎接黨大會‧工人說心聲〉，工人到底說了什麼？怎麼說？為什麼報社內、社會上有這麼強烈的反應？在此，將該文作個簡單的介紹與說明。

〈說心聲〉全文分五大段。開頭的小引是「信心如磐石‧壯志比天高」（小標題）。用熱烈激昂的高調作「前奏」，然後引出幾位工人說的心聲，反映了當時社會上普遍存在的問題，以及工人隊伍對現狀的不滿和對未來的期望。

第一個問題：工廠領導幹部仗勢濫權。大多數是北越南下大軍的工廠頭頭，欺壓工人，動輒以開除作威脅；有些廠書記或廠長居然惘言：「順我者留，逆我者走！」

如果文章直接暴露這些領導幹部的飛揚跋扈、擅作威福，肯定沒法見報。筆者只能迂迴委婉地、借用武文傑（當時的胡志明市人民委員會主席，後來的政府總理）公開問先進工人「敢不敢批評工廠領導」的講話，揭發出工廠頭頭橫蠻霸道的普遍現象。

這一大段的小標題是「發揮作主權‧有黨為後盾」。其實，眾所周知，工人根本就沒有什麼「作主權」，黨也絕不會成為工人的「後盾」。

第二個問題：物價高漲。這是個民生問題，不但工人深受其害，全社會都要忍受這深沉的痛苦；但以「報喜不報憂」為「守則」的黨報，對物價飆升，人民生活困苦這樣的負面資訊，絕對不容許見報。因此，筆者只得繞一個大圈，不提物價高漲，只說工人盼望召開黨大會之後，市場穩定，物價回落，形勢更好，生活又有進一步的改善和提高。

這一大段的小標題是「總方向不變・生活更美好」。其實，大家心裡有數，這不過是「畫餅充饑」，「話梅止渴」！

第三個問題：幹部嚴重的官僚作風與文牘主義（相當於「教條主義」）。這也是「摸不得」的「老虎屁股」。共產黨明知其「臭」，卻不許人家揭發、掀開。筆者先討好賣乖，說什麼領導幹部大都平易近人，群眾觀點很強，只不過其中有個別的以及一些基層幹部的官架子大些、官腔重些而已。相信黨完全有能力糾正這種歪風邪氣。

這一大段的小標題是「行政各層面・必有新氣象」。其實，大家心知肚明，官僚作風與文牘主義都是因為「上樑不正下樑歪」，越糾越歪，越整越壞！

文章結尾是一條「光明」的「大尾巴」：儘管目前有這樣那樣的困難，有這樣那樣的障礙，有這樣那樣的不健全、不合理、不如人意，但工人們相信，這次黨大會是個轉捩點，為取得更大的進步與勝利做好準備，重新出發！

小標題是「堅決信賴黨・奪取新勝利」。其實，這只是一種空洞的寄望；是一張彩色斑斕的「彩票」，而不是可兌現的「支票」。等於空喊一句：「明天會更好！」

綜觀全文，所觸及的問題，在當時都很敏感且犯忌，但提得還算迂迴、技巧，避開正面衝擊，語氣也極盡委婉；主題則屬於「道路曲折，前途光明」之類。因此，報社高層雖然層層都以「放大鏡」審閱，最終還是一字不易，全文刊出。

晴天霹靂　烏雲壓頂罪〈心聲〉

〈說心聲〉見報後三天，晴天霹靂，烏雲壓城城欲摧！就像見報當天所召開的編採擴大座談會一樣，這天下午也召開了一個編採人員擴大座談會，不同的是，三天前的座談會，錢鋒等編委滿臉笑容，這次卻是滿臉寒霜。

座談會一開始，錢鋒首先發言：「〈迎接黨大會・工人說心聲〉是一篇很有問題的文章！不但有問題，而且問題很嚴重！它借題發揮，借工人兄弟之口，醜化我們的幹部，攻擊我們的黨；誇大社會矛盾，煽動群眾對我黨的不滿……」交了這個「底」，定了這個「性」之後，叫每個成員回去細讀該文，提出自己的觀點，深入揭發批判該文存在的問題，以及對社會對革命事業嚴重的負面影響。

一錘定音。對〈說心聲〉先行定罪，再發動眾人根據所列的罪狀，在文字上理論上去「發掘」罪證，羅織罪名，追究罪責。

錢鋒發言後好幾分鐘，空氣似乎被凝住了，全場一片寂靜。筆者也被這「突然襲擊」嚇呆了，一時不知所措，甚至不敢相信這是真的。

環顧在座眾人，除了幾名編委早已知情而木無表情之外，人人面面相覷，又不約而同地將目光集中到筆者身上。目光中充滿了懷疑、困惑。

座談會後來再談些什麼，筆者已沒有心思去留意。對這突變，筆者比別人感到更大的困惑。散會的時候，默默地走向電梯，默默地走出報社，一片茫然，無比孤獨。多麼可怕的現實！三天前，當〈說心聲〉被捧上天的時候，人們像眾星拱月似的圍在你身邊，有恭維的，有請教的，有開玩笑的；今天，你彷彿成了罪人，沒有人敢靠近你，沒有人敢與你交談，更遑論對你表示同情與支持。最令人傷感的，是一向很談得來的幾位昔日僑報的舊同事，此刻也恍如陌路人。當然，這是可以理解的，在那樣嚴酷的政治氛圍下，誰能沒有被牽連的恐懼？誰會不考慮保護自己？

錢鋒不是多年的朋友？為了保住個人的權位，說得冠冕堂皇些，是堅守黨性原則，他事先連招呼也不打，一上場便單刀直入，攻你個措手不及，不正是他在表示要與你「劃清界線」？

這個晚上，筆者徹夜無眠。思緒紛繁，但心境平靜。雖然意識到，隨時有成為階下囚的兇險，卻很坦然，無懼、無悔更無愧。忽然想起了穗城中學李其牧校長在筆者紀念冊上親筆題寫的贈言：「遇橫逆之來而不懼，遭變故之起而不驚，被非常之謗而不怒。可任大事矣！」

筆者自知不是任大事的材料，但當前無端的橫逆、變故與誹謗，不正是一次嚴峻的考驗？大事做不了，也不能辜負老校長的教誨與期望！

孤軍奮戰　直面橫逆無所懼

第二天下午，批判大會正式開始。仍以座談會方式進行。氣氛很凝重，發言的人不多。可能眾人都不知道從何談起；特別是那批招考進來的年輕新記者，更有暈頭轉向之感。與筆者同組的兩位新記者就曾表示：前三四天，〈說心聲〉還作為樣板，要他們學習；現在，「範文」突然變了「犯文」，要他們揭發批判。這轉變不是太不可思議、太可怕了？除了困惑，他們還感到悸怯。其中一人，勉強幹了不久，便自動辭職，脫離這個「革命」隊伍。

座談會拖了一個多小時，在「寒蟬效應」影響下，人人無精打彩，誰也不敢輕易發言，當然談不出什麼名堂。錢鋒當即宣布散會，即席指定了七八人，要他們當晚再回報社開批判會，揭批〈說心聲〉。筆者這個眾矢之的，當然不能缺席。

好傢伙！縮小範圍，集中「火力」，今晚「好戲」登場了！你孤立無援，孤軍奮戰，要有「橫眉冷對『千夫』指」的氣概呵！

不出所料，晚上的批判會一開始便進入「狀態」。被「華運辦」視為精英的越南文科大學出身的新進記者南山，首先「開火」：「〈迎接黨大會·工人說心聲〉是一篇很容易誤導讀者的文章。危害性很大！它所反映的，是現實生活中確實存在的問題，因此很能引起讀者的共鳴。但必須指出，這些問題，只是現實生活中的個別現象，而不是普遍存在的本質問題。是現實，但不是真實。學過哲學的同志大都知道『白馬非馬』的道理。白馬雖然是馬，卻不代表所有的馬；我們不能因為見到一匹白馬，便認為所有的馬都是白色。〈說心聲〉最大最要害的問題，是讓人覺得，我們整個新社會、我們的幹部和我們的黨都是那麼不堪！」

南山顯然是有備而來，做足「功課」，帶足「彈藥」，加上他能言善辯，越語又流利，使批判會一開始便進入高潮。他意猶未盡，將矛頭直指筆者：「作為黨報記者，我們首先要識別，什麼是表面的暫時現象，什麼是本質的真實，並有責任向讀者揭示兩者的差別，而不是有聞必錄。那種不加分析，不分是非，把一切現象原原本本地向讀者坦露的做法，是要不得的、不負責任的、資產階級的新聞觀點……」

南山的「高」論，當然大有犯駁的地方，比如，什麼是現象？什麼是本質？怎樣界定？誰說了算？但筆者不想作這種強弱勢不對等的爭辯，只輕描淡寫地回了一句：「所以，我們只能『報喜不報憂』；因為可『喜』的都是本質，可『憂』的只是現象。是嗎？」筆者說的是華語（普通話）。當時報社內已有個不成文的規定：不論工作或開會，盡量要「越語對白」，但既是「不成文」，筆者便我行我素，不是普語就是粵語。

「報喜不報憂沒有什麼不對。」筆者的語音剛落，南山還沒有回應，另一記者四維的聲音便插進來，「新聞工作者都是為本階級的政治利益服務的。資產階級報紙的報導也是有選擇的，對不利於他們階級利益的新聞或言論都盡量不用或少用。」此位「新紮師兄」來自柬埔寨，平時不多言。與南山一樣，被「華運辦」視為可栽培的精英。不幸的是，這兩位確屬出類拔萃的青年才俊，在中、越共關係日趨惡化甚至兵戎相見期間，竟被自己效忠的報社和領導單位——「市華運辦」，以「莫須有」的罪名投入監獄，且長達十年之久。政治的殘酷、恐怖，令人不寒而慄！這是後話。

四維的話，有一定的代表性：「以小人之心，度君子之腹。」這些人對美國的新聞自由與權威，不是無知就是視而不見。無知的是，他們怎麼也想像不到：美國的新聞權已經成為立法、司法、行政三權之外的第四權，嚴厲地監督他們的「資產階級」政府、國會和法院。誰也休想干預新聞自由！視而不見的是，三權分立他們已經不願見到，更何況是四權分立？當然，這些話不能宣之於口，否則，罪加一等：宣揚「美帝」的「反動」體制！想到這些，筆者忍不住輕藐一笑，不再說什麼。

其他人相繼發言，但並無高論。錢鋒開腔了：他叫筆者談談自己的想法。「疑犯」也有機會發言，還算講「民主」、「人權」。

據理力爭　反而被停職審查

有機會發言，筆者當然要據理力爭：「我沒有特別的想法。只覺得莫名其『妙』！這個妙字是加引號的。」一開腔，筆者有些失控，無所顧忌，「這篇特稿不是我主動要寫的。這是個任務。是你們編委給全體記者下達的任務。當時你代表編委說過什麼你不會忘記吧？你叫我們記者去聽取群眾對現實生活的意見，對黨大會的心思願望。所有這方面的資訊或言論，不管正面、負面，都必須如實反映，給黨作參考。我是按你們的指示去做的。採訪過不少工人。很多人怕『因言獲罪』，怕『秋後算帳』，都不肯說或不敢說；有的意見則非常尖銳。我只選了比較平和、中肯、客觀的意見寫出來。完稿後，雖然由大標題到小標題都是我自擬的，版面位置也是我設定的，但都經過你們審核才編發。排字拼版後再通過你們層層把關、級級審查才刊登。見報後，還得到你們公開的充分的肯定；甚至以該文為樣板，供大家參考。這不過是三天前的事。你可能『貴人善忘』，但參加過座談會的都還記得。」錢鋒一臉尷尬，卻似乎很耐心的聽下去，還不時在本子上作筆記。筆者當然還有話要說：

「但，三天後卻來了個大逆轉，樣板之作被打成有嚴重問題。誇大社會矛盾啦，醜化幹部啦，攻擊黨啦，一頂頂大帽子壓下來。什麼都是你們定的。褒是你們，貶也是你們。這不是『翻手為雲覆手為雨』？我真懷疑，什麼為是？什麼為非？還有沒有標準？我已經被弄糊塗了，還能有什麼想法？不過，也不妨向大家交個底：我問心無愧，光明磊落，正所謂『君子之腹坦蕩蕩』。至於人家怎樣評說，立場不同，角度不同，時間與需要不同，便有不同的說法。這是很自然的事。我會坦然面對。」

「對一篇文章，先後有不同的看法，那是不奇怪的。」錢鋒開始回應，「因為初始的時候沒有發現問題，後來經過深入分析才發現，看法自然有所不同。鬥爭是錯綜複雜的，怎麼可能一成不變。」

「那也未免變得太快了。是與非的標準雖然不是永恆，卻是相對穩定的；比如評定一個人，不可能今天說他是愛國者，明天卻說他是賣國賊。否則，時晴時雨，變幻無常，如何定是非？何況，對本人這篇稿下定論的是你們集體，不是任何個人。難道集體決定了的，說變就變？」筆者反擊。

「不錯，說變就變，該變就變。早發現問題，早改變看法，早糾正錯誤，這就是實事求是。」錢鋒當然不甘示弱。

「哦，原來出爾反爾、朝令夕改、反覆無常，都可以這樣解釋，真是一大『革命』，一大『發明』！」你既強詞奪理，筆者又何妨反唇相譏。

錢鋒一時語塞，裝作沒聽見。批判會再沒有像南山那樣的精彩發言，只好草草收場。

第二天，筆者如往常一樣出勤，並按預先的分工，採訪了市總工會在陳興道戲院舉行的先進工人表彰大會，並趕回報社寫了一篇配現場圖片的特寫。翌日，與編輯商訂後，編發在頭版版腳的通欄位置。版拼好後，筆者校訂了大樣才離開；報紙印出來後，一看，整篇特稿與幾幅照片，全部被抽換。

錢鋒隨即通知，那是領導的指示：凡是筆者所採寫的稿件及所攝的照片，暫時不得見報；同時，筆者暫時不用出勤，但每天必須按報社的上班時間回到報社，並留在報社，隨時接受調查。

言下之意，就是即日起，「停職審查」、「留社察看」！嚴格的說，是「準囚徒」了。

拒絕誘惑　不透露新聞來源

被停職後數天的一個晚上，又召開批判座談會。

會上，錢鋒問筆者：「經過多天反思，有什麼要說？」

「要說的我都說了，現在我什麼都不想說。這件事教訓了我：不要太老實，什麼事都不要第一個衝向前，要留一手，看一看；而且要多看，不要多幹，幹多必然錯多。坦白說，我後悔寫得太多！」

錢鋒笑笑，顯得很理解很體己的說：「對一件事情、一個問題的認識，是有個過程的。你現在的心情可以理解。當局者迷嘛！這樣吧，讓我們幫你，你把特稿裡面的幾位受訪者的具體情況告訴我們，我們再去訪問他們，作進一步的瞭解；也許還能幫助他們解開心中的結。其實，問題不在你，你只不過將他們的心思願望反映出來而已。」

筆者悚然一驚！這意味著什麼？一、對文章內容的真實性有懷疑；二、窮追猛打，找受訪者對質。後果將是：如果受訪者怕被牽連而矢口否認說過的「心聲」，筆者便是造謠惑眾，誣揑污巇幹部，砌詞攻擊黨。這個可能性最大。如果受訪者坦白承認（這可能性幾乎等於零），筆者也得背上個借工人兄弟之口，向黨進攻；而這幾位受訪者以後的日子一定不好過。筆者既是出賣他們的小人，也是貽害他們的罪人！

「讓我們幫你」。多動聽的謊言！多誘惑的偽裝！多陰狠的陷阱！錢鋒呵錢鋒，你非在我身上找個「突破口」置我於死地不可？

沉默了好一陣子，筆者冷冷地說：「無產階級新聞學我還未有幸學過，不知道一個新聞工作者應該有什個守則和職業道德。資產階級那套我也沒有正式學過；但我知道新聞工作者有一條底線，那就是：絕對不透露新聞來源。我堅守這條底線。因為這是最基本的道德與道義！你以前也當過記者，難道連這一點都不懂，抑是忘記了？」

頓了一下，筆者繼續說：「如果你們認為我那篇〈說心聲〉有問題，甚至有罪，那處理啦、判刑啦，勞改、監禁、槍斃，悉隨尊便。但如果要我將那幾位受訪者的任何資料供出來，對不起，我辦不到！就算以此作為交換，減輕對我的懲處，我也辦──不──到！否則，就是出賣！不但出賣他們，也出賣我自己！」說到後來，我抑制不住內心的激動，真想怒吼。

場面彷彿一下子被「定格」了，誰也沒有哼聲。錢鋒大概沒料到筆者的反應如此強烈，態度如此堅決。他退卻了：「事態沒有這麼嚴重。我們只不過想幫你。既然你這麼想，我們也不勉強。遲些再說吧。」

當晚的批判會也沒有「批」出什麼新意。筆者則從那天以後，連續十多天，天天回報社坐

「冷板凳」，等待「判決」。從表面上看，似乎什麼事都沒有，實際上是外弛內張。報社外的朋友悄悄告訴筆者：近來，「華運」分子正到處「挖料」，翻查筆者的歷史。

當時，生殺予奪之權操在他們手上，對筆者這個「舊報人」，欲加之罪，何患無詞？之所以遲遲不下手，並非出於「厚愛」，主要是在黨大會前夕，需要營造「和諧」氣氛，而不是紅色恐怖。對筆者無端入罪，只會帶出負面效應；但怎樣收拾由他們一手造出來的「殘局」，又似乎委決不下。

言者無罪　阮文靈一錘定音

一九七六年十一月十七日晚上，對筆者來說，是個重要的日子。當時的越共中央政治局委員、胡志明市市委書記阮文靈，在越共第四次黨代表大會緊鑼密鼓之際，在電視上發表了長篇「重要」講話，號召全市人民為迎接黨代表大會的召開，「真誠」、「勇敢」地向黨進諫、獻策。他還具體地指出：批評不論對錯，言論不分褒貶，黨一律歡迎；而且保證：言者無罪！

這位越共的「明日之星」，後來的黨總書記的「言者無罪」的保證，不啻「一錘定音」，給〈說心聲〉下了最後最有力的定論——無罪！也給「華運辦」那班誣衊〈說心聲〉的庸碌的奴才一個響亮的耳光和一個下臺階。

然而，奴才們為了維護他們的「領導權威」，維護他們虛弱的自尊，居然對勞師動眾發動批判〈說心聲〉的荒謬之舉不作任何解釋和交代，也不對〈說心聲〉的是與非下任何結論，只是由錢鋒私下通知筆者：「已經沒事了，你可以恢復正常工作了。」

「『天下本沒事，庸人自擾之』。什麼沒事？是我？還是你們？」筆者故意逗弄他。同時也深感慶幸，在這次風波中始終沒有屈服、低頭，沒有出賣職業道德與良心；否則，如果一時不慎或把持不住，跌進他們的陷阱，供出那幾位受訪的工人，那將是我一生的遺憾！一生的恥辱！

「說沒事就是沒事啦！」錢鋒顯得很煩躁，「你沒聽到市委書記阮文靈的電視講話嗎？」

「那又怎樣？我們報社的領導比他市委書記『站得更高，看得更遠』！」筆者毫不客氣地刺他一下。最後那句話，是他多次在筆者面前力捧「頂頭上司」林思光（三全）的「肺腑之言」。看得出，他對林某的馴服已到了「俯首貼耳」的地步。

「無謂說氣話了，安心做好工作吧！」

安心？筆者還能安心？

急流勇退　北上世紀大逃亡

「吃一塹，長一智」。經過〈說心聲〉的教訓，筆者強烈的意識到：此黨報不宜久留，越南也不宜久留；同時也考慮到：要逃離越南，必須先離開黨報。這樣，縱使在偷渡途中不幸被截回，也不過作一般性的偷渡論處；否則，作為黨報記者棄職偷渡，必定罪加一等；那班「華運」分子為了擺脫干係，不但不會施加援手，還會落井下石。

為此，筆者「安心」繼續工作多月，雖明知「另謀高就」的可能性幾乎為零，還是毅然引退；報社方面似乎亦早有預見，馬上同意。

離開黨報容易，但要逃離越南可不是件簡單的事。那時候，難民潮尚未掀起，越共也未明目張膽「收金放行」的輸出難民；要「投奔怒海」，除了敢於「押」上性命，還要有大筆黃金「下注」，即每一條命加十多兩金條（塊）。筆者帶妻孥兒，沒有那麼巨額的黃金作「賭注」，海路不通。唯一「出」路是北上登「陸」（中國大陸），再取道往香港。但由南越北上北越要有南北越通行證。怎樣才取得這紙要經坊、郡、市三級公安機關批准的南北越通行證，是個很棘手的問題。筆者離開報社後便著手籌劃這事，數月過去了，卻一籌莫展。

這期間，《解放日報》內發生了一次強烈「地震」：一向忠心耿耿的錢鋒，藉往河內公幹的機會，把將屆兵役年齡的大兒子秘密帶上北越，再轉入廣西，留在老家。當時，中、越共關係瀕臨破裂，此事件的揭穿，自然引起「市華運辦」高層的驚惶與震怒。錢鋒受到怎樣的處分不得而知，只知道他從此「失寵」，日子不好過。

命運把他和筆者又連在一起。

原來，他也有意北上登「陸」，而且有「門路」弄到從非正式途徑批出的南北越通行證，還答應給筆者弄兩張，並慨然允諾「無條件」協助，不收任何「仲介費」；但最後卻以「借」的名義，多收了一倍！錢鋒在掙錢這方面，真是「高手」！

我們兩個家庭同日出逃，但「分道揚鑣」，登「陸」後的際遇也極大不同。這是題外話了。

總編心結　要為〈說心聲〉平反

闊別西貢十七年，一九九五年孟春時節，筆者終於回到這多難的第二故鄉探親訪友。這十七年，世事多少變幻，人生幾度滄桑！中、越共由「同志加兄弟」變為頭號敵人，又由敵人變為夥伴；社會主義陣營分崩離析；各國紅色政權土崩瓦解；蘇維埃社會主義聯盟壽終正寢；中共從階級鬥爭轉向經濟建設；越共從極權專制走向革新開放。戾氣化祥和，敵對變友好；世界變得既寬容又溫馨。

筆者到西貢的時候，適逢農曆年歲暮，人們正忙於送舊迎新。由廣西移居香港並削尖腦袋鑽進「剝削階級」成為小老闆的錢鋒，也到了西貢。這位昔日《解放日報》的紅人，雖曾「叛逃」，但時移勢易，又成為報社的座上賓了。只是，當年他羅致的那班僑報「舊報人」，早已廣陵人散：傑智兄在筆者離越不久也辭了職，先到臺灣，再移民加拿大，並於九十年代初病逝；其他的記者、翻譯，在中、越共邊境大戰前後，不是知難而退就是被動員「自動」辭職。

由「華運」分子充任的編、採、譯等人員，也有不少投奔自由。那個最「革命」的、曾叫囂

「你們這些舊報人都是革命的罪人」的許松坡，也悄悄地偷渡去了澳洲。可不知是否連「革命」也一起偷出去？不過，據說他曾中風，癱在床上，想再開展「解放」鬥爭，也心餘力絀了。

報社的領導班子自然也迭經調整，編輯部已成為原河內《新越華報》「南下大軍」的天下。當年「垂簾聽政」作風如黑道頭子的總編輯林思光，已「轉進」商界成為「頂戴」巨賈。蘇副總成為名副其實的總編輯。他再度改名換姓，既不姓蘇，也不姓梁，改為姓陳，大名文就。且一改過去的深居簡出，在華人社會上層相當活躍，在報紙的人事廣告上經常見到他的新姓名。報紙不僅不再拒登廣告，且有廣告「掛帥」之勢。「富貴逼人來」，馬、列又怎擋得了！

蘇總編（為方便記述，本文仍以蘇姓稱之）對筆者這舊日同仁似乎相當關心，知道筆者回貢探親，即託錢鋒邀筆者參加報社一年一度的迎春盛會。不知道錢鋒是存心抑是無意，居然將蘇總編的盛意「忘」了。盛會上見不到筆者，蘇總編再請錢鋒馬上開摩托車到筆者落腳處接筆者；但筆者當時已赴親友之約。蘇總編不無遺憾地再託錢鋒轉達他的誠意，期待筆者能前往與他聚一聚。

拳拳盛意，讓人感動！筆者只好推掉一些約會，挑了一個他空檔的時間，在報社附近的咖啡室與他見面。他還是以前那樣一臉的精明，雙目炯炯；最可喜的，是昔日臉上那層寒霜消褪了，多了和煦的陽光。

寒暄過後，一開始他就不勝唏噓地表示：「真想不到呵，七十年歷史的蘇聯，竟是如此結局，說垮就垮！」這應該是他真實的心聲。可以想像，這歷史的大突變、大震盪，當時對他的何等艱辛！

衝擊是何等巨大何等深沉！也可以想像，當年中、越共邊境惡戰之際，他的處境又是何等險惡

「世事難料。」筆者說，「形勢比人強。這是不以人的意志為轉移的。」筆者小心翼翼地，以免引起他的尷尬，盡可能說得「虛」些。「不過，世界潮流浩浩蕩蕩，歷史總是向前的。我們今天能夠一起坐在這裡，一起品嚐這麼香濃的咖啡，也應該說，是世界一大進步，是人類一大福祉。我們很幸運，還有機會享受得到。」

談著談著，出乎意料的是，蘇總編很快就把話題引到〈迎接黨大會‧工人說心聲〉那篇特稿上。也許，這就是我們今天談話的主題。但筆者毫無心理準備。他說，一直想找個機會，將該篇文章拿出來，重新評定，為它平反，還它一個公道！

看得出，蘇總編是真誠的。他似乎為這件事一直耿耿於懷！

為什麼？為什麼他比筆者還要認真還要執著？

高層權鬥　筆者險成階下囚

原來，〈說心聲〉幾乎成為文字寃案，筆者差點成為階下囚，問題根本不在該文本身，而是「華運辦」高層一次權力鬥爭的暴露；是當時的林思光總編輯為了打壓蘇副總編輯而一手炮製的一齣陰謀把戲。

蘇某雖是副職，但他熟悉業務，又在第一線執行實際工作，不但報社上下都信服他，連他們的另一個頂頭上司——越文《西貢解放報》報社的人也只認可他，大事小事都直接與他聯繫，視不學無術的林總編輯如無物。林某看在眼裡，恨在心裡，處心積累要打壓蘇某，就算不能把他拉下副總編輯的位置，也要挫挫他的銳氣，折折他的威信。

這機會終於讓林某等到。

〈說心聲〉見報前夕，林某因事外出。按規定，總編輯缺席，當然由副總編輯全權署理，其中最重要的是報紙大樣最後的審閱。依照正常的工作流程，報上的所有稿件，早已經蘇副總編過目才編發，最後再由他審閱，也不過是重覆一遍，充其量是稍作修訂，大體上都順利通過。

林某就鑽這個未經他最後審閱的空子。兩天後「發難」，認為〈說心聲〉大有問題，要嚴加追究。這一追究，蘇副總編自然脫不了「失察」、「失職」的干係；問題越大，干係便越大。但表面上又要做到似乎與蘇無關，避免與蘇發生正面衝突；因而將矛頭指向筆者，將筆者作犧牲品。表面上似是窮根究柢，實際是不管筆者認罪與否，只要〈說心聲〉被認定有罪或有問題，蘇都難辭其咎。這樣，既可打擊蘇，又可抬高自己，一如錢鋒經常力捧他那樣：「站得高，看得遠」；而且顯出他與眾不同，眼光獨到，別人看不出問題，只有他林某看得出。此人用心險惡，手段陰狠。難怪他能夠從薄寮省一家僑校小學教師爬到「西貢華運辦」第二把手的高位。可以想像，多少人成為他的墊腳石！他踐踏了多少人的血跡「前進」！

這次風波，如果沒有阮文靈的電視講話定了調，林某勢必繼續糾纏不休，而蘇某能否藉越文《西貢解放報》的人脈之力勝利還擊，尚屬未知數；可是，阮文靈的講話雖解了圍，但也讓林某趁機逃脫，不了了之，蘇某連還擊的機會都沒有，白白吃了個啞巴虧。這口氣又怎嚥得下？又怎能不耿耿於懷？

瀟瀟灑灑　咖啡香裡訴衷情

這正副總編輯內訌的秘密，是筆者離開報社不久，一位知情的「華運」分子，因不齒林某的卑劣所為而私下向筆者透露的。事隔十七年，雖難以忘懷，也沒法釋懷；但你能奈何？那是個豺狼當道的時代，那是個小人得志的社會，你有憤怒的權利，卻沒有宣洩憤怒的空間。由他去吧，「此情可待成追憶」！「平反」與否，已經不重要。至於蘇總編輯此舉，不管是什麼動機，對筆者都是一番好意，筆者由衷的感動：「平不平反並不重要。」筆者真誠地說，「有Anh Sau（越語，六哥）這番話也就夠了。我很感激！我們隔別了十七年，今天能夠相見，而且暢所欲言，很不容易。魯迅說：『歷盡劫波兄弟在，相逢一笑泯恩仇。』何況，我們根本無怨無仇，這『相逢一笑』讓我們更加瞭解。希望今後我們笑得更多，笑得更好……」

咖啡的氤氳滿室，友誼的溫馨滿懷。我們彼此從未有過如此敞開心扉的暢談。現在有，過去為什麼不能有？

人與人之間，多些接近，多些理解，多些寬容，不是很好嗎？為什麼非要排斥、非要戾氣、非要鬥爭不可？

「是非成敗轉頭空，青山依舊在，幾度夕陽紅……一壺濁酒喜相逢，古今多少事，都付笑談中。」人生不過數十寒暑，何不瀟瀟灑灑走完這一回？

——二〇一二年孟春　於美國奧羅蘭重寫

血歷史33　PC0256

新銳文創 INDEPENDENT & UNIQUE　西貢僑報的滄桑劫難

作　　者　漫　漫
責任編輯　鄭伊庭
圖文排版　彭君如
封面設計　陳佩蓉

出版策劃　新銳文創
發 行 人　宋政坤
法律顧問　毛國樑　律師
製作發行　秀威資訊科技股份有限公司
114 台北市內湖區瑞光路76巷65號1樓
電話：+886-2-2796-3638　傳真：+886-2-2796-1377
服務信箱：service@showwe.com.tw
http://www.showwe.com.tw
郵政劃撥　19563868　戶名：秀威資訊科技股份有限公司
展售門市　國家書店【松江門市】
104 台北市中山區松江路209號1樓
電話：+886-2-2518-0207　傳真：+886-2-2518-0778
網路訂購　秀威網路書店：http://www.bodbooks.com.tw
國家網路書店：http://www.govbooks.com.tw

出版日期　2012年10月　初版
定　　價　240元

國家圖書館出版品預行編目

西貢僑報的滄桑劫難 / 漫漫著.-- 一版. -- 臺北市 : 新稅文創, 2012.10

面； 公分. -- (史地傳記)

BOD版

ISBN 978-986-5915-18-6(平裝)

1. 報業 2. 歷史 3. 越南

898.8383 101018690

讀者回函卡

感謝您購買本書，為提升服務品質，請填妥以下資料，將讀者回函卡直接寄回或傳真本公司，收到您的寶貴意見後，我們會收藏記錄及檢討，謝謝！
如您需要了解本公司最新出版書目、購書優惠或企劃活動，歡迎您上網查詢或下載相關資料：http:// www.showwe.com.tw

您購買的書名：＿＿＿＿＿＿＿＿＿＿＿＿＿＿＿＿＿＿＿＿＿＿

出生日期：＿＿＿＿年＿＿＿＿月＿＿＿＿日

學歷：□高中(含)以下　□大專　□研究所(含)以上

職業：□製造業　□金融業　□資訊業　□軍警　□傳播業　□自由業
□服務業　□公務員　□教職　□學生　□家管　□其它＿＿＿

購書地點：□網路書店　□實體書店　□書展　□郵購　□贈閱　□其他

您從何得知本書的消息？
□網路書店　□實體書店　□網路搜尋　□電子報　□書訊　□雜誌
□傳播媒體　□親友推薦　□網站推薦　□部落格　□其他＿＿＿＿＿

您對本書的評價：（請填代號　1.非常滿意　2.滿意　3.尚可　4.再改進）
封面設計＿＿　版面編排＿＿　內容＿＿　文／譯筆＿＿　價格＿＿

讀完書後您覺得：
□很有收穫　□有收穫　□收穫不多　□沒收穫

對我們的建議：＿＿＿＿＿＿＿＿＿＿＿＿＿＿＿＿＿＿＿＿＿＿

＿＿＿＿＿＿＿＿＿＿＿＿＿＿＿＿＿＿＿＿＿＿＿＿＿＿＿＿＿

＿＿＿＿＿＿＿＿＿＿＿＿＿＿＿＿＿＿＿＿＿＿＿＿＿＿＿＿＿

＿＿＿＿＿＿＿＿＿＿＿＿＿＿＿＿＿＿＿＿＿＿＿＿＿＿＿＿＿

請貼
郵票

11466
台北市內湖區瑞光路 76 巷 65 號 1 樓
秀威資訊科技股份有限公司 收
BOD 數位出版事業部

（請沿線對折寄回，謝謝！）

姓　　名：＿＿＿＿＿＿＿＿　年齡：＿＿＿＿　性別：□女　□男

郵遞區號：□□□□□

地　　址：＿＿＿＿＿＿＿＿＿＿＿＿＿＿＿＿

聯絡電話：(日) ＿＿＿＿＿＿＿＿ (夜) ＿＿＿＿＿＿＿＿

E-mail：＿＿＿＿＿＿＿＿＿＿＿＿＿＿＿＿